網路小
Novel@N
12
告別的年代
我的付出，不要你任何回報，
只要你把我放在心上，就好。
藤井樹唯一推薦作者
最具爆發力的網路人氣王
穹風
如果這些平凡的點點滴滴就是幸福，那麼無論未來會如何，
都該好好珍惜著眼前的一切。
而我卻遲遲才發現，我始終走不進你心裡面，
才使得曾經許下的約，成了這段愛情裡最大的缺。

把「天荒地老」四個字丟進垃圾桶裡，那麼絃音今晚就依然柔宛。
咱們啊，不言不語地也無聲了幾個寒暑。
世界盃依然是世界盃，奧運邁向下一屆，今晚我只喝水蜜桃烏龍綠，
那年，妳髮梢有相似滋味。

如果下輩子我還記得你，我們死也要在一起。
好吧下輩子如果我還記得你，你的誓言可別忘記。
歌是這麼唱的。
東京無雪，六月不見落英繽紛，星空下，怯生生你的我的一縷縷——
這青絲。

風又起的盛夏夜晚，望不見星辰如夢，倒是城裡誰唱起老調幽幽如昨，
那些不經意的隱微間而又少不更事的蒼茫裡，
來呀去呀都成了千古愁後，才不美卻又美了的傳說。
如果下輩子我還記得你……
再美的詞都是一爐香裡，不老容顏中早已告別的年代。

1

羅東火車站外，夜風輕徐在空曠的街邊，沒有想像中清涼。拿著便利商店裡買來的熱咖啡，我有點後悔，早知道應該點杯冰飲的。車站前早已空蕩無人，獨坐階梯上，我試著品嚐一個人流落異鄉時特有的悠閒與寂靜，不過卻失敗了。心裡想的東西太多時，再美的風景也都是視而不見的。

「你這樣子還眞像流浪漢啊。」背後傳來大維的聲音，說披著頭髮、穿著舊牛仔褲的我像流浪漢。但他也沒好到哪裡去，一百六十五公分的矮個子，戴著黑框圓眼鏡，下巴滿是沒刮的鬍渣，看起來跟舊電影裡的嬉皮也沒什麼差別。

「這趟怎麼樣？」他在我旁邊坐下。大維比我聰明，這悶熱的深夜，他手上是麥當勞的可樂。

「其實沒什麼心情看風景。」我嘆氣，「不過屏東線的鐵路沿途還不錯，東部幹線的幾個小火車站也挺值得走走。」

從高雄火車站出發，我們各自買了前往不同目的地的車票，大維往北；我往南。一個人的旅行本該是愜意的，背著簡單的行李，在通勤電車裡、在鄉鎮間的客運巴士上，隨意瀏覽沿途景色，車子坐累了就下來慢慢走。睏了，就在公園或車站的椅子上打發；要洗澡，就到便宜的旅館裡花幾百元休息一下。出發前約定好了，五天後的晚上十二點，約在這個誰也沒來過的車站外碰頭，隔天一早，我們再繼續各自的旅程，他轉向南，而我繞過台北，反方向走一次對方走過的路，最後的終點是我們出發時的高雄。

高中時，我們常做這種流浪般的旅行，這些年來，全台灣沒去過的鄉鎮可還真不多。不過上了大學、當了兵，退伍後我跟大維都有各自的工作與生活，好些年哥倆兒沒再這麼自在地旅行了。翻閱彼此的旅行筆記，大維問我怎麼這一路走來，寫的東西這麼少。

「沒心情吧。」我嘆氣。

「出門五天了，還沒想到答案嗎？」他大口吸著可樂，轉頭對我說：「這不太像你的個性。」

「一年多錯縱複雜的前因後果，怎麼在五天裡分析判斷出答案來？」我打趣，「怎麼，原來我在你眼裡是這種剛毅果決的人嗎？」

「剛毅果決？」他不屑地睨我一眼，「你想到哪裡去了？我說的是冷血無情。」

「你媽的。」我說：「不過，我想答案或許早就有了，我真正需要的，只是一點勇氣而已。」

在車站外的階梯上，我們把行李丟在一旁，無視於預計要搭乘的班車時刻，聯手抽掉一整包菸。可樂跟咖啡喝完後，就到對面的便利商店去買啤酒，然後他聽我繼續說，說一個除了大維之外，再沒人可以傾聽，而他其實也參與了一點開頭的故事。這故事的最後，是我歷經了看似短暫的一年光陰，在天堂與谷底間反覆來回，幾經掙扎和思索後仍不得其解。到最後，即使走遍這島嶼的所有角落，在太陽下流盡全身汗水，咬著牙告訴自己要痛下決心，不能再有絲毫心軟，非得說出那個決定時，卻始終依舊無法踢出去的臨門一腳。

那一年多前的起點，一如大多數的愛情故事，都是美好愉悅的。而當它過了一半時間左右，就大約是我們高職同學會那陣子前後吧，思索的問題與進一步的掙扎才眞正開始。

最後一抹夕陽餘光從窗邊掠過消失前，我又睜開眼睛。伸手從床邊的小圓桌上摸到香菸和打火機，還順便連菸灰缸一起，拿過來放在自己的胸膛上。就這麼躺著抽菸，一面看著窗外的夕陽逐漸隱沒。華燈初起，路燈與霓虹都綻放出光芒來，把久未清洗而塵灰撲撲的窗子映得五顏六色。我叼著菸，閉上眼，對自己說：日復一日，夕陽沒了就是霓虹，這世界一點都沒有改變，改變的只有人的本身。把一口菸高高地吐向天花板，同時也嘆了一口氣，我清楚地察覺到自己的心情正在變化，而且正朝向我最不願意的那方向前去。

小魚還沒下班，而我還不想起床工作。往常總是這樣，她傍晚回到家時，正是我剛梳洗完畢，坐在電腦前工作的時間；而每天早晨，我收工後會跟剛起床的她一起早餐，然後她上班，換我睡覺。可憐的雙人床，眞正有兩個人同時躺在上面的時間原來不多。

昨日難得早起，中午出門，轉了兩趟公車，才抵達畢業已經十年有一的高職母校。高雄捷運如火如荼地趕工，完工的路線卻沒有一條與我有關。老同學們大多攜家帶眷而來，當年忙碌而紛雜的實習工廠裡一片熱鬧，退休的導師在台上感慨萬千時，不曉得誰的小孩居然不湊興地放聲大哭。大夥兒都笑了，只是有些人笑得很溫馨，有些則笑得很無奈，我跟大維都是後者。

「看起來最不會想結婚的人，往往都是第一個跌進婚姻墳墓的。」望著正在哄小孩的老同學，大維若有所思。

「所以恭喜你還活著。」坐在工廠裡的板凳上，我小聲對他說。

「彼此彼此。」他也回應我。

我想起前陣子畫過的一本小說封面圖稿。故事一開頭就寫到了關於婚姻的種種。作者的感觸就跟大維差不多。那故事我還沒看完，反正只要知道了大概的意境，我便能用電腦程式畫出一張符合情境或設定的彩色插圖。這是我的工作：封面插畫家。一個職業名稱非常好聽，但不算太好賺的工作。

昨天下午，在滿頭華髮的導師致詞完畢後，同學一個個按照座號上台報告，內容大多是自己的職業、居住城市、目前的生活環境，並誠摯地歡迎每一位與自己職業相關的老同學，在需要時可以互通有無。

「你覺得我應該怎麼說？」大維小聲地問我。

「照實說不好嗎？」

「換作你是我，等一下上台，你會跟大家說現在正在當遊民嗎？」大維瞄我一眼，神情黯然。幾個月前，他辭去一份台北的高薪工作，說是戀家戀土，所以想回高雄。結果回來幾個月了，到現在仍然無事可做。

「老師、各位同學大家好，我是企鵝。」我笑著說。企鵝是我用了十多年從沒換過的綽號，因爲那跟我名字「磬合」二字的讀音太像了。

每個老同學都有聽起來很稱頭的職業，有知名電器廠牌的工程師，有自家經營冷氣安裝或檢修，有在大工廠裡擔任冷凍管理的工作。惟獨我上台時一陣尷尬，因爲當我非常困難地從嘴裡吐出「封面插畫」這四個字時，那個一頭白髮、以前當過我很多科目的老頭正坐在台下，眼睜睜看著我。接著在我講完，該要輪到大維上台時，他就忽然尿急了。

我是個擁有華麗的工作名稱，但骨子裡卻一事無成、慵懶度日的半中古男人。同學會結束後的隔天傍晚，我在夕陽中醒來，刷牙時從鏡子裡看見自己憔悴的臉孔。非常陌生，陌生得就像昨天那些叫不出名字的老同學。

今天該做什麼呢？沒有急著要交的圖稿，繪圖課的學生今天也請假，又沒有非得去辦的事，甚至一點都不感到飢餓。我搓搓睡得凌亂的頭髮，屋裡繞了兩圈，在飼料盆裡放了食物，把乾淨的水注入水碗中，兩隻貓開心地奔來搶食。看了片刻，最後我又躺回床上，從枕頭邊摸到手機。我剛才餵貓的同時，它很細微地「嗶」了一聲。

今天加班，會晚。你先吃飯。

她傳來的訊息剛好十個字。這就是讓我開始察覺自己的心正在變化的緣故。同居半年後，她終於還是忘了今天是我生日。

另一個人忘記你的生日時，你會寧願自己沒有生日。

2

用小掃把將房間仔細清掃過，到處都是貓砂、貓毛。掃完後再跪在地上，用抹布慢慢地將每一塊地磚擦得發亮，這工作花去將近一個小時。全部完成後，我到浴室去，乾脆連衣服都洗了。

附近就有洗衣店，六十元可以將一桶衣服又洗又烘又摺。我的大部分衣物都在那裡處理，所以會需要窩在浴室裡動手的，只有她的寶貝衣服跟內衣褲。有一次跟大維聊起，他對我願意幫女朋友洗內衣褲的舉動感到訝異。因爲乍看之下我是非常嚴謹而內向的人，理論上應當懷抱著很強烈的大男人主義。這種訝異的反應，在我第一次幫她把內衣掛起來時，我也從她臉上看到過。

「一般說來，男人都不會做這種事的。」她那時候說。

「那是指『一般』而言呀。」我說：「洗內衣褲應該用冷洗精，不要丟進洗衣機裡攪和，就算眞的不得已要放洗衣機裡洗，至少也要用洗衣袋裝起來。」我把一件粉紅色的內衣披掛在衣架上，掛上了窗外，嘴裡還繼續嘮叨，「內衣褲最好不要晾在室內，免得潮溼發霉，穿在身上會不舒服，還可能感染。」

跟她認識的地點，說起來就很不被祝福。大維剛搬回高雄的那陣子，有一次在大雨天裡找我出門，去一家就在我住處附近，但我卻從沒發現的酒館去，聽說那是他朋友經營的店。整間店在星期五晚上，居然只有我們兩個客人，一副經營不善即將倒閉的冷清場面。

那整晚沒停過的爵士樂跟龍舌蘭讓人醺然欲醉，直到我終於不勝酒力，想結束這場敘舊的聚會時，店門被刷地推開，走進一個我看不出年紀的女孩。她用非常吸引目光的方式登場，一進來就用力拉扯著卡在頭上的廉價雨衣，一邊大嚷著，「媽的，好大的雨！」

我假裝自己沒有在注意，卻忍不住繼續別過眼偷看她。店裡的工讀生們似乎跟她很熟，我聽到他們叫她小魚。

她把廉價雨衣丟到角落，拍拍身上的雨水。穿著很正式的上班族套裝，腳下踩著高跟鞋，落座，先點一根薄荷菸，要了杯挺常見的藍色夏威夷。

「這麼早來？」工讀生問她。

「本來要跟我打球的朋友們去聚餐啊，誰知道下這麼大雨，臨時取消，害我只能吃便當。」說著，她從隨身的包包裡拿出一個塑膠袋，打開袋子裡的便當盒，我聞到燴飯的味道。

「新客人？」在我轉頭回來時，小魚用一點都不小的聲音問工讀生，指的當然是我跟大維。眼前那工讀生點點頭，我稍微側個臉跟小魚照面，用不到十五度的頭部擺動當作簡單的招呼，同時也在心裡暗暗納悶，按理說她要問工讀生這問題時，應該壓低音量，避免我跟大維聽見才對，怎麼這女孩如此爽朗毫不避諱呢？

她五官的輪廓很深，有一頭很好看的長髮，我留意到她脫下薄外套後，左肩後有一對墨黑色翅膀的刺青。

「很正。」我小聲對大維說。

「我知道。」

「你怎麼知道？」我問，大維根本沒轉頭看她呀。

「因爲我撿到一顆你掉出來的眼珠子。」

「幹。」

五個月前，在那家酒館，我連多看她幾眼的勇氣都沒有。五個月後，我跟這女人一起生活在同一個房間裡，已經很得心應手地照顧著她的生活起居。在浴室裡洗完她堆積在臉盆至少超過三天的內衣褲，順便把兩雙絲襪也洗好，並且把這個女人隨手亂扔，結果掉在垃圾桶旁邊，用過的衛生棉給撿回垃圾桶裡。

如果沒有我的存在，這女人會變成什麼德性呢？此時她很醜的睡姿，抱著我的枕頭，棉被踢到床邊，露出整個肚子。我走過去，聞聞她頭髮上有甜甜的水蜜桃香味。仔細欣賞這個畫面，一邊跟五個月前的她詳細比對，然後想起當時大維對我說的一句話：「別迷戀那一瞬間的假象，再美的女人都有她難看的時候。」我想也是，她可能出門上班時依舊光鮮亮麗，但家裡大概會被垃圾跟髒衣服塞滿。

不過那又如何呢？人的外表沒有永恆的美或醜，就像眼前睡得正熟的小魚一樣，她卸妝後沒有眉毛的樣子，也代表了另一種自然的美吧？而我曾經對自己也對她如此誓言，要用盡自己一生的心力，去呵護並且照顧這段愛情，無論是在她有眉毛或沒有眉毛的時候。

「你說下輩子如果我還記得你，我們死也要在一起，像是陷入催眠的指令，我也開始昏迷不醒……」一首很好聽的歌，我不知道是誰唱的。小魚搬過來的第一天，就在我電腦裡播放了它，然後每天我都聽得到一兩次，久了也朗朗上口。她說這首歌很平，很輕，聽著聽著卻讓人沉醉。我哼著歌，在她熟睡時的耳邊。心裡構圖著那樣的光景：愛過了這一生，最終沒有圓滿結局的兩個人，就這樣下了一個約定，期待著下輩子還能記得對方，好實現那個至死不渝的承諾……多麼美的感覺。輕撫著她的髮際，我心裡這麼想。這是一張開往幸福的單程車票，很完美，對吧？我問自己，然後，竟找不出肯定的答案，在我發現她居然到現在還記不得我生日的那一刻。

我後來才知道，買了這張車票的，恐怕只有我自己而已。

3

那是我們第一次相遇，也是第一次講話，客套而禮貌，一切都中規中矩。我不是個對自己缺乏自信的人，可是自始至終都沒有太多話，反而是她嘹亮爽朗的笑語瀰漫了生意很差的整間店。

大維見證了這整個過程。我說這是頭一次，我在一個看得對眼的女生面前，完全失去了想要表現自己的念頭，除了名字，我甚至對於小魚的其他背景完全沒有多加探詢。

「你知道那種感覺嗎？」我對大維說：「如果你眞的很喜歡一朵花，你會希望它開在通風良好、日照充足的花圃裡，而不是被你佔據，從此只能困在臥房的花瓶當中。」

「十多年來我聽過了太多次你的這種論點，到頭來這些花的下場都一樣。」大維嗤之以鼻，「它們都在你的花瓶裡插著，直到有一天你因爲忘了換水，害那些花都爛了，最後只好丟進垃圾桶爲止。」

「是嗎？」

「是呀。」大維點頭，「然後現在你又看中另外一束花了。」

我不覺得自己有這麼惡劣，也沒有反駁的餘地。若干年來，我好像就是不斷宣揚這種理論，又戮力不懈地打破它的人。不過至少我清楚地知道，之所以女朋友換了那麼多個，其實原因都一樣：因爲她們不是可以共度一生的人。當我開始有這種感覺，往往也就是愛情結束的時候。

所以那天晚上之後，只要一有空，我就往那家小酒館跑，自己都沒有確切地明白，是否眞懷抱著怎麼樣的期待之情。我總是坐在吧台邊，喝著非常普通的啤酒，就這樣虛擲光陰，耗掉一整晚時間。

不過很可惜，能夠遇見她的機會少之又少。小魚是個必須早起上班的人，晚間十二點如果還沒見到她來，我就會結帳離開。工讀生很好奇地問我，如果只是爲了喝啤酒，也不怎麼想聊天的話，幹麼不到便利商店去買回家喝。我聳聳肩，說這就只是感覺問題。

「什麼感覺？」

「至少我在這裡喝完之後，不必自己倒垃圾，清理空酒瓶，對吧？」我說。很不誠實，但找不到更好的理由，我不想讓任何人察覺出眞正的心情和想法。當她偶爾出現時，我會悄悄地留神，從她與別人聊天的內容裡，知道她最近好或不好，盡可能不插話，除非她主動找我攀談。當她沒來時，店裡的電視螢幕就是一整晚我看最多的東西。我承認這是非常無聊跟膽怯的行爲，不過或許那是最適當的距離了。因爲我不敢觸碰這個夢境，深怕一伸出手，就把這琉璃般的夢給碰碎了。

藉著在那裡廝混的機會，工讀生們對我漸漸熟識，我也慢慢熟悉了店裡的人。口耳相傳中，多少知道關於小魚的一些狀況。她從台南來，單親，英文系畢業後，就在附近的貿易公司上班，一生最大的目標，是當個獨立自主的女強人，興趣是唱歌、打排球跟游泳。

排球跟游泳！這兩種運動都跟我有相當的距離。我坐在吧台前，看看自己的手腕，這雙手上次碰到排球大概已經是十幾年前的事了，我既接不到球，也無法將球推往正確方向，甚至還常因此扭傷手指。所以國中畢業後，我就很堅決地跟這項運動永訣。至於游泳……

「游泳很好玩啊！」那個工讀生興奮地對我說：「去年夏天我們去金山衝浪，小魚也一起去，她玩得可開心了。」

我默然。工讀生問我喜不喜歡水上活動，我說：「根據族譜記載，我的祖先是孔子的親傳弟子，師承儒家正統的經典精神。千年來都生活在華北平原上，那兒流行的始終是騎馬，在水裡打滾是南方蠻夷們的休閒活動。」

這話後來有人轉述給小魚，相戀後，我們到墾丁去玩水時，她從南灣的水裡溼淋淋地走了上來，寬大的上衣裡隱約透出曼妙的身材線條。她搓搓頭髮上的海水，對我說：「快點！下去游一圈，什麼時候能游南灣一圈，我什麼時候嫁給你。」

這話讓我拋棄了祖宗遺訓，點點頭，奮不顧身地往水裡衝。不過海水才及腰而已，我就因爲腳底不穩，差點重演幼時溺水的慘劇。

那種感覺是非常難以言喻的，我懷疑自己在如此錯亂的時空中交叉敘述，是否能夠完整表達出這五個月來關於心情與想法上的轉變。

大維後來再也沒找我到那間店去。一陣子不見，才知道他跑到台中去任職了，反倒是我每星期總有一兩天要去酒館報到。只是我藏得太好，以致於沒有人察覺到掩藏在表相下的眞實目的，甚至連小魚都看不出來。我們交往後，偶然聊起在小酒館裡的那段日子，她告訴我，「坦白講，一開始我還以爲你大概很討厭我，所以才會都不講話，害我每次去那裡，看到你，也都怕怕的。」

「是嗎？我一直以爲我裝出來的樣子應該是靦腆才對。」

「屁。」她鄙夷地說。

不過也因此，才在閒聊中讓我聽說了一些關於小魚的負面消息。他們說這女孩子太活潑了，一個活潑的女孩往往給人不確定感。這世上同時有太多的新鮮事會吸引她們目光，那些有心的男人，會利用她們較容易與人親近的特點，企圖達到一些不良目的。而很不幸地，小魚就曾捲入過這家店裡客人與客人間的情感問題。儘管早已事過境遷，但難免還有些人拿來當茶餘飯後的話題。

「雖然這樣，我倒覺得她是很吸引我的對象。」有那麼一次，我對一個在店裡任職很久，熟知許多掌故的資深工讀生表示，「大概是戀母情結吧，我老娘年輕時就是這種長髮大眼的美女，所以現在我對這類外型的女孩子毫無抵抗力。」

「那個性呢？」她問我，「你不覺得這樣的女生野性太強嗎？」

「個性哪裡不好嗎？該大笑時就放聲大笑，暢所欲言，這有什麼不對的？」工讀生用不肯定的表情看著我，我說：「人活著啊，不要老是拘泥這種小節，妳一輩子有多少旁若無人，開懷大笑的機會？出社會後，工作了幾年下來，我現在反而很羨慕能這樣肆無忌憚的人。」我怕說得太明顯，趕緊又接著說：「不過這些當然只是一種感覺跟看法，純粹只是個人觀點。畢竟我跟小魚不熟，我也沒打算有更進一步動作，眞的。」

那個工讀生擦著杯子，先用一種懷疑的眼光看我，之後小聲地對我說：「沒別的企圖就好，我告訴你……」

老實說，那個工讀生到底跟我說了些什麼，我後來早已不復記憶。反正大抵上就是勸我早點死心之類的，大概小魚在他們眼中就是個非常享受自我，寧願遊戲人間，也不想安定下來的個性。對於如此善意的勸諫，我記得當時自己是多麼虛心受教，而且唯唯諾諾地點頭答應，只差一點就要舉手發誓了。

不過後來我又想，沒發那個誓眞是幸運之至。因爲那天晚上過後不久，五一勞動節的前夕，我剛畫完兩本小說封面，又到那家酒館時，意外發現他們居然暫停營業，重新整修門面，店裡只有幾個工讀生在擦桌子。大家閒聊了幾句，臨時起意要去唱歌，結果不曉得誰一通電話，把正在家裡閒得發慌的小魚找來，然後一群人去KTV又喝又唱。酒酣耳熱到每個人都忘我時，我陪著她到外面買薄荷菸。夜深人靜，只剩馬路上偶爾幾輛車子快速經過，就著便利商店外明晃刺眼的日光燈，我吻了這個我曾對自己再三告誡，只能遠觀而不能也不該沾染的女孩。

「藏得住的感情，就不是眞的感情了。」我唸了一句下午爲了畫封面圖而勉強讀完的小說對白，然後抱著小魚，說：「對不起，可是我是眞的喜歡妳。」

老梗永遠都是老梗，但老梗永遠都是最好的梗。

4

之後的過程倘若還要一一細述，那就不免顯得流俗了。大雨下得無止無盡的那些天裡，雖然愛河沒有潰堤，大高雄地區卻到處傳出災情。我躲在四樓的公寓裡，沒有稿件要趕的日子，我悠哉地坐在電腦前，根據腦海中的想像描繪圖像。平常工作時，那些小說裡總有豐富的場景，足夠我跟編輯討論出最適合故事的地點來繪製封面。但那幾天，無論我怎麼搜尋記憶裡最感動的畫面，最後呈現在電腦螢幕上的，卻全都是同一個人的樣貌，全都是她的側臉。

那時我在想，如果當初學的是動畫，是不是能把人物表情表現得更生動一點？會不會更栩栩如生地就讓她出現在我眼前？我像個超級宅男，用繪圖軟體畫了一張又一張的她，有蹙眉沉思的，有開懷大笑的，有平靜安詳的，各種表情都有。這些圖沒有一張是重複的，我也不看第二次，因爲倘若我想再看她一眼，只消花個二十分鐘，我就能畫出另一張新的。

就這樣畫了幾天，在一個大雨如注的晚上，當我終於開始嘲笑自己的荒唐時，我丟下沒有進度的工作，關上手機，逃離了出版社編輯發了瘋似沒完沒了的催稿電話，開著二手的福特汽車出門。在小酒館門口，因爲它無預警地又暫停營業而錯愕不已的八點二十分，小魚穿著廉價雨衣，推著機車經過。她臉上跟我一樣傻眼的表情，看著深鎖的大門，罵了一聲或許別人聽來不雅，當下我由衷覺得出自她口中就是很直率眞誠的「幹」字。

後來我們把她那部遇水就拋錨的機車丟在店門口。這個加班到現在的倒楣女人已經超過十個小時沒進食，又遇上大雨跟破機車，整個人狼狽不已。我載她到小酒館附近去吃飯，一邊啃著排骨，她問我對附近的出租房子有沒有概念。

「沒有，我這個公寓已經住五年了，一直沒搬過。」我搖頭。

她沉吟一下，又問起我關於房子漏水的種種可能性，以及應對之道。

「不懂，我以前學的是冷凍空調，現在幹的是論件計酬的插畫繪圖。」

最後她放棄了，問我附近哪裡有便宜的旅館。

「妳會在自己家附近方圓五百公尺內找旅館過夜嗎？」

「會。」她說：「這裡離我住的地方也很近，但我就是需要旅館。」

「爲什麼？」

「因爲半個小時前我其實已經回家過一次，收拾了東西馬上就離開。」她指著放在一旁的包包，「高雄市的路面還沒積水，我住在四樓的房間已經先淹掉了。剛剛回去，打開燈檢查半天，最後發現，是一整面牆都在滲水。」

「整片牆在滲水？」我咋舌。

「而且不是第一次。」

「房東呢？」

「他住台北。」

「所以？」

「所以老娘眞他媽的受夠了。」她恨恨地說，表情卻是令人發噱的倒楣委屈。

她那模樣眞的可愛極了。後來，當她的家當慢慢「滲透」進來，我房間的小桌子不知何時悄悄換成了她的梳妝台，我的衣櫃忽然間被清出一半空間來，放滿她的衣物，甚至連她栽植的幾盆仙人掌都擺上了我床頭時，我都還能在記憶深處，清楚地搜索出她當時那張苦惱的生動表情。

我在電腦桌前絞盡腦汁卻畫不出半張圖來，或是圖畫到一半，MSN忽然一響，小魚上班時偷偷上線傳來一個訊息，打散了我所有工作情緒，只是問問晚餐想吃什麼時，我也會抬頭環顧一下這房間，或者拍拍自己的臉頰，確定這一切不是置身夢境中。

高雄市的旅館大多很便宜，可是我一間也沒去過，當然也不知道有什麼好推薦的。那天晚上，最後我帶她到我家，讓這個倒楣鬼有個臨時的棲身之所。那個倒楣的女人一進屋裡先跟貓玩，興奮地追著牠們跑，鬧得整個房子裡亂糟糟，直到被我趕進浴室去洗澡爲止。她洗完澡後才換我，我走出浴室時，她剛看完沒關電源的電腦螢幕中，桌面上一個檔名「小魚」的資料夾，那裡頭儲存了所有我畫過的她。

「你一直少畫了兩樣東西。」她把臉頰右側還沒吹乾的溼頭髮撥開了些，指著右耳垂說：「這裡有一顆小痣，而且我其實不只一個耳洞。」

後來，她說這一天晚上被她定義為愛情開始的紀念日。

「這是怎麼回事？妳是癌細胞嗎？居然這樣偷偷摸摸滲透過來！」我簡直不敢相信自己的眼睛。房間裡有兩座大衣櫃，說好一人一半，小魚另外還有一組塑膠製的四格櫃子，放她帶過來的衣物。我再仔細看了一下，確定沒有開錯櫃子，原本這抽屜裡放的應該是我的褲子，結果打開來，先映入眼簾的是一疊女裝上衣，而且摺得很不整齊。旁邊是她的褲子，我的已經被壓在最下面。

「哎呀，你褲子那麼少，放在那個大抽屜裡多浪費空間啊。」小魚說得很理所當然，「借人家放一下嘛。」

「我說眞的，女人，妳只有兩條腿啊，要這麼多褲子幹麼呢？」我把她的衣服挪開，找出自己的工作褲來換上，然後開始搬挪屋子裡的擺設，小魚則在地板上鋪報紙。

「你應該慶幸才對，我只有兩條腿，所以只有這些褲子，要是再多幾條的話，可能你連原本放書的櫃子，都得清出來讓給我了。」

「幹。」啐了一口，我提著已經稀釋好的油漆，爬上桌子，從天花板的角落刷起。

這是小魚的提議，她說這老公寓到處都充滿霉味，爲了慶祝我們新生活的開始，應該好好重新布置一下。老實說我不覺得有什麼好布置的，事實上，我們的布置方式，除了粉刷油漆，也不過就是我到處挪動擺設，好妥善放置她的梳妝檯跟衣櫃而已。

「好像很好玩耶。」鋪好報紙後，原本站在旁邊監工的她，看著看著，忽然問我，「這會不會很難？」

「還好，順著同一個方向，均勻地上漆，算是滿簡單的。」我說話時還得小心翼翼，可不想讓水泥漆滴進嘴巴裡。

「那讓我試試看好不好？」她說著，就要攀上這搖搖晃晃的舊桌子，嚇得我急忙虛踢一腳趕開她。「讓人家玩一下嘛！」她嗔著。

拗不過她那模樣，我只好分裝一點油漆過去，還給她一把小刷子。

「怎麼這樣……」她看著手上那一小碗油漆，跟那把簡直就是拿來刷烤肉醬的小刷子，臉垮了下來。

「不要小看它喔，它可是油漆工程裡非常重要的一環。」我故意說得煞有其事，「很多細部的修補工作都靠這把小刷子，要刷得很精準，漆也不能沾太飽。這是非常考驗技術的工作，而且需要一定程度的天分喔。」

「眞的嗎？」她半信半疑地走到牆邊，沿著窗台描了幾下。

「當然，當然。」我忍著笑回答。

逞強好勝，我很知道小魚的性格，無論是精工或粗活，只要她感興趣的，一定會搶著要做看看。不過我可不想冒著這種危險，萬一她從桌上跌下來，或者打翻油漆，那麻煩的人可是我。看她專注地在牆邊描線的背影，我偷偷笑了出來，這果然是打發她的好藉口。

不過很可惜，這一招時效很短，過不了半小時，我才刷了天花板的一塊小角落，她就又說話了，「我在想啊，是不是我太有天分了，所以這工作我都感覺不到一點挑戰性耶。」她站起身，又走過來，在桌子旁邊對我說：「我看我們還是交換一下好了，你覺得怎麼樣？」

當那把小刷子在我手上撇呀撇地，我眞的有種很想罵髒話的感覺。怎麼會這樣呢？我回頭，看見個子不高的小魚站在桌上，還得墊起腳尖才勉強讓刷子碰到天花板。幹麼這麼逞強呢？我心裡想著。

「那個……」換我走了過去，站在桌邊，「我可以發表一下意見嗎？」

「不行。」她斬釘截鐵。

「那……我可以提出一點建議嗎？」

「也不行。」她還是拒絕我，眼睛專注地盯著天花板，看都不看我一眼。

「或者……我可以說明一下我的觀點嗎？」

「很囉唆耶，老頭子。」她終於停下動作，瞪著我，「有什麼屁要放的？」

我苦笑，指著天花板，告訴她，這種刷法根本不行，刷得太不均勻，而且方向亂七八糟，一看就非常醜。

「反正顏色一樣就好了啊，你又不可能一天到晚盯著天花板看。」她倒是很懂得狡辯。

「躺在床上就會看到了啊。」

「哎呀，煩死了！」她怒斥著，朝我踢出一腳。我措手不及，慢了一步閃躲，那一腳就出奇精準地踢中我手中裝油漆的小碗，結果整個灑了出來。我大吃一驚，往旁邊讓一步，結果油漆還是濺滿了褲子。

「妳這白痴……」我驚魂未定，正想開口罵人，結果小魚忽然又尖叫一聲。我抬眼看，她站在舊桌子上，剛剛一腳踹得太用力，現在整個人重心不穩。一陣搖晃後，差點沒跌下來。

「救命！」就在這一聲叫出來的同時，小魚丟開漆碗跟刷子，抓住了站在桌邊的我的手，然後，她手上的水泥漆就這樣整碗潑了下來，我連閃都不能閃，只能眼睜睜看著一碗濃稠的黃褐色液體潑滿了我的肩膀、我的胸前，我的頭髮，當然還有他媽的我的臉。

「孫瑜甄……妳他媽的……」我咬牙切齒地說，還被她牢牢抓著手。

親愛的，我知道妳很有天分，但現在咱們是刷油漆，不是玩人體彩繪，好嗎？

6

綠島是個我自以爲熟得不能再熟的地方。從大學的畢業旅行開始，平均每隔兩年，我就會旅行到這島上來。那次把房間粉刷好之後，過沒多久，有一天，小魚問起綠島時，我幾乎是不假思索地，就把環島一圈的所有景點，包括一些旅遊書上沒有介紹，不爲人知的小去處都跟她說了。

這趟行程同行的，還有她過去排球隊裡的同學，一共三男三女。爲此，我還特地去向我的「準妹夫」張羅來一部休旅車，就這樣載了滿車的人跟行李，浩浩蕩蕩出發，飄洋過海來到這熱得令人發暈的島上。第一晚，我們決定先體會一下深夜的露天溫泉。

豬豬是個聲音很甜的女孩子，閒聊時，說起一間她近來常去的精品店，露出滿臉的興奮。雖然我對香水、飾品類的玩意兒一竅不通，也難得地聽得津津有味。那間精品店採會員制，必須每年繳納會員費，才能享受折扣優惠。好處是會員可以申辦幾張附卡給親友共同使用，還眞是一人得道，雞犬升天。

於是我問豬豬，想知道她還能辦幾張附卡。儘管我個人對此毫無興趣，但我倒是有個很愛敗家的妹妹。

「還可以辦兩張，你要的話，我拿表格給你塡寫申請。」豬豬很大方地說。

「那我也要一張。」小魚接話。

我不懂爲什麼，疑惑地看了她一眼。

「你那張不是要給你妹嗎？」

「所以呢？一起合用不就好了嗎？」

「那要是我們分手了怎麼辦？」結果她很天眞，非常順口地以新的問題回答了我的問題。

怎麼會這樣呢？我簡直不敢相信我的耳朵。兩個人在一起也一段時間了，爲什麼她還會說出這樣的話來？我有些不知所措，呑了一口口水，再問她是否眞的這麼認爲，她只是點點頭，顯然不懂我的感覺。

一群人泡在溫泉池子裡，我慢慢退離了人聲喧鬧的圈圈，靠在池邊凝望著什麼也看不見的遠方海面。海的那邊有著什麼不一樣的世界嗎？晚風徐來，刮起無限想像。千百年來有過多少航海家，因爲這個對未知充滿想像的念頭，開啓一生的冒險旅程？我不是什麼偉大的海上男兒，只是個連游泳池都不敢下水的蹩腳貨色，所以趴著，我只能思考很微渺的個人問題。百思不得其解之後，我不得不對自己說，那是因為我們來自不同的生長背景。不同環境下成長的人，當然有各自不同的思維邏輯，這其實無可厚非。我們的問題，也不過就是一點觀念上的歧異，又恰巧這歧異讓我非常懊惱，如此而已。

「在看什麼？」忽然，穿著可愛藍色泳衣的小魚輕輕划了過來。

「什麼也沒在看。」我老實說。

「所以是在發呆嗎？」她問我是不是因為池裡水溫太高了，如果不舒服，可以換到旁邊溫度比較低的溫泉池去。

「沒有，這裡很好。」我點頭，看著她被溫泉水沾溼了的臉。看了片刻，才開口問她，「妳知道剛剛妳說了什麼嗎？」

然後她搖頭。

深夜的風很涼爽，我們用浴巾包裹身體，坐在池邊抽菸，豬豬他們四個人還在水裡泡著。

「我不知道妳怎麼想的，不過對我而言，既然兩個人選擇在一起，那麼所做的一切，應該都是爲了共同的未來，對吧？」

她點頭。

「很好，這算是我們初步的共識。所以從決定在一起的那天開始，所有我要做的事，出發點跟基準點都不再只爲了我一個人，會有一個單位從此稱爲『我們』，妳懂嗎？」

她又點頭。

「所以假使豬豬可以分一張附卡給我們，那麼在我的認知裡，無論是妳擁有，或者我擁有，其實都是一樣的意思。在我淺薄的思想中，已經沒有妳和我的分別了。」我忽然察覺自己有股難以言喻的悲哀感受，但還是盡量維持著平靜的語氣，「所以妳懂了嗎？兩個人如果做什麼都要爲自己先留一條後路，那其實根本沒有繼續走下去的必要，各自拆夥就好了，不是嗎？」

最後她無語了。

那幾天在綠島，儘管我已經得到一句抱歉，然而心情依然複雜。當一群人走了漫長的一段路，踏過牛頭山草原，終於抵達最美的懸崖邊時，小魚跟豬豬他們一群人在草地上玩得好不開心。他們都是同一屆的同學，而且分別是男、女排球隊的成員，本來就有外人很難融入的默契。再加上我又是有心事的人，結果只能獨自攀上草原邊的小山丘，舉目四顧是湛藍的海。略爲低頭，是翠綠草野，跟五個拿著相機，擺出各種趣味姿勢，正不停拍照、嬉戲的年輕人。

三十年來，我頭一次有這種無奈與無力的感覺。不知道她說完那句抱歉後，是不是眞的明白了我的想法。或許現在的年輕人把「愛情」看得太即時了，所以很難懂我們這種中古老男人對於漫長人生的嚴肅觀點。爲此，我有點沮喪，甚至開始懷疑，所謂「幸福」會不會只是我們自以爲已經擁有的想像。我也開始慢慢明白，當初在小酒館裡，那些工讀生們提醒過我的：小魚是個活得很自我的女孩，要她學著跟別人分享人生，並沒有那麼簡單。

這是我們開始談戀愛後，第四個月的事。搭船從綠島離開，同行的三對男女，有一對按照行程，在島嶼的旅行結束後，就搭乘火車離開，只剩下還意猶未盡的我們四個繼續往墾丁走。或者，意猶未盡的應該其實只有三個，因爲打從第一天起，我的遊興就全沒了。

南灣不比綠島的美，遊客也多了許多。到民宿落腳後，他們三個人換上半乾的泳衣，立刻就往海邊跑，而我手裡提了一袋啤酒。

「其實海水不危險，危險的是下水的那些人。」泡夠了海水，也厭倦了堆沙，豬豬的男朋友踩著疲憊的腳步過來，在我身邊坐下，也開了啤酒。他的名字我一直沒機會知道，不過我聽到豬豬喊他一個很有趣的外號「廖親親」。這個體育系畢業的男生非常活潑，也很健談，是非常有趣的旅行同伴。

「是啊，跟愛情一樣。」我笑著說：「愛情並不危險，危險的是踏進愛情裡的那些人。」

「而且兩者都會讓人沒命。」

我點頭，「會死得非常徹底。」

廖親親大聲笑了出來，問我既然如此，那麼何不下水去試它一試。他還說他曾經在大學時拿過全校的游泳冠軍，也有救生員執照。「愛情裡的危險我不會救，但是跟我下水的話，我倒是可以保證你的安全。」

「免了。」我苦笑。

小魚跟豬豬被我們兩個男人的笑聲吸引，一起晃了過來。知道我們聊什麼後，小魚說：「不要怕嘛，四個人裡面有三個會游泳，你想淹死還沒那麼容易呢。」

豬豬跟廖親親都笑了出來，跟著小魚不斷地一起慫恿我。我只是一再搖頭，腦袋裡想到的，都是國小時跟父親一起去溪釣，我爲了撿一個塑膠袋，失足落水，漂了足足二十公尺遠，差點溺斃的恐怖往事。

「像個男人好不好？」小魚改用激將法。

「那干男人不男人屁事啊？」我還是爲難的神色，心中尷尬至極，多希望她這時可以是一個懂得察言觀色，知道適可而止的人。

「不管啦，這樣以後我們才可以一起游泳啊，你看豬豬他們多幸福，可以兩個人一起下水。」說著，她乾脆動手拉我，「快點！下去游一圈，什麼時候能游南灣一圈，我什麼時候嫁給你。」

這句話我聽了一愣，雙眼隨即亮了起來，怔征地看著她，心裡原本的爲難頓時一掃而空。

「是嗎？」

「游得完的話。」她回頭環視了眼前這片海，「南灣這麼小，還有廖親親陪你，安啦。」

然後我沒有再接話，直接起身，沒等廖親親一起跟來，就自顧自地往海面湧起的浪花裡衝了過去。

結果我是真的差點沒命，因為海，因為愛。

7

「她說她從來沒有和人同居、過兩個人的生活，考慮一起經營未來的可能性。」我說：「二十多年來，她甚至沒考慮過結婚。」

市政府在愛河兩岸舉辦園遊會，大熱天裡人山人海的，小魚拉著豬豬一起蹲在撈金魚的攤販前興奮地玩，我跟廖親親百無聊賴地靠在河邊的欄杆上發呆，順便聊起上次在綠島的那件事。

「好像從以前就是這樣。」廖親親點頭，「小魚對結婚沒什麼興趣，你如果真的想娶她，大概得花費很大一番心力，而且搞不好衝突會很多。」

「基本上，你他媽的說得對極了。」我嘆著氣。如果有一面鏡子，我猜映出來的應該是我滿臉懊惱的表情。

「可是像小魚這種心直口快的人，跟她相處也一定有很多快樂的時候吧？」廖親親問我。

「當然。」我說戀愛要是從頭到尾都這麼椎心刺骨的話，那我們不如抱著貓睡覺就好，還要情人幹什麼。聽得廖親親大笑了起來。

「可是你們戀愛還不到半年耶，眞的要考慮結婚嗎？」

我點頭，告訴他雖然我年紀剛過三十，家人也沒有催促，但我個人眞的挺嚮往婚姻生活的。儘管可能是女主外男主內，生活形態或許跟現在同居也差別不大，不過我相信，在那一張證書的加持下，彼此可以有更具體的目標，堅定地朝著未來一起攜手往前走。

「我跟豬豬在一起，分分合合都快四年了，到現在都還不敢肯定，你又怎麼認爲小魚是那個最適合你的人？」

我笑而不答，因爲說了也沒用。廖親親比我小好幾歲，相信他還很難體會，那種過盡千帆皆不是之後，才特別渴望安定的想法。一向理性的他，大概也不容易了解這種近乎一見鍾情的愛情，還有亟欲與對方廝守終生的衝動。只是，愈是這樣渴望，又愈察覺它難以觸及時，失望相對也就愈大，所以我格外珍惜那些小小的幸福。儘管我也不懂所謂「最適合」的標準在哪裡，但是誰在乎呢？愛就愛了。

「小小的幸福？」面對這種理性派的人，眞的很難解釋到他懂，於是我說了個小故事：

曾經有那麼一天，午後的大雨滂沱狂落，我自以為貼心地開了車出門，想去接小魚下班，沒想到老爺車竟然拋錨，最後反倒是她穿著雨衣，騎著也很破爛的摩托車，在已經淹到腳踝的積水裡，把我從路邊載回家。那天傍晚我們渾身都溼透了，卻笑得好開心。

又有過那麼一次，睡過頭的小魚索性詐病，打電話到公司請了兩小時的假，說是要看醫生。原本以為如此一來，就能夠好整以暇地慢慢化妝，準備出門。誰知道，賴床賴到早上九點，她竟然真的發燒起來，後來足足病了兩天，我也跟著四十八小時沒闔眼。到第三天一早，她終於能夠上班時，出門前在桌上留了一張紙條，寫了很簡短兩句話：

親愛的老公，謝謝你這樣照顧我。你一定也累壞了，好好睡，我愛你。

那張紙條被我小心保存至今。

儘管剛交往時，小魚就曾說過，她生活在單親家庭裡，看著母親與兄長兩段不完美的婚姻，使得她心裡十分畏懼，因此打定主意要當個快樂的單身女郎，過著不依賴任何人的生活，最好在事業上還可以成爲女強人。寧願交一輩子的男朋友，也絕對不讓身分證的配偶欄塡上名字。但那又怎樣呢？如果一碗陽春麵是幸福，那我們要燭光大餐幹麼？我把香菸踩熄，對自已說，或者那樣的相處已經是奢侈的幸福了，不該貪求太多。我們誰都需要時間不是嗎？雖然偶爾我還是會想：時間已經過了將近一年，而我眞的不曉得還得繼續多久。

從起點到終點，要經過多少心境上的流轉？

8

在那段日子裡，我相信大部分時候都是美好的，即使生活看來平淡，仍然自有其值得滿足之處。只是偶爾我們會有點溝通上的問題。那些問題，我會歸咎爲是認知上的差異。就好像廖親親也時常打電話給我，向我抱怨他和豬豬的爭執。然後我們會互相安慰，告訴對方：我們的女朋友都還沒做好廝守終生的心理準備，因此身爲男人，應該要多一點包容，或者更該反省我們自己是否哪裡不夠完美，才讓我們的女朋友拒絕就此託付一生。

「打個比方說，今天晚上她去跳舞，爲什麼要瞞你？那是因爲你反對她去。爲什麼你反對她去呢？因爲你自己不會跳。爲什麼你什麼運動都拿手，偏偏就是跳舞不行呢？追根究柢，問題出在你身上。」約在咖啡店裡，見了面，我對廖親親說。

「既然這樣，那爲什麼你也在生氣？」廖親親問我，「你知道小魚去跳舞，她又不是自己偷偷跑去的，你爲什麼還要生氣？」

「我生氣是有其他的理由。」

「因爲她穿得太辣？」

點頭，然後又搖頭，我說：「這只是其中之一，我認爲那無可厚非，因爲沒有男人會喜歡自己女朋友去舞廳跳舞時穿那麼少。美其名叫爭奇鬥艷，事實上只是藉著裸露時的肢體搖擺來吸引男人目光，藉此滿足那種被注視的虛榮心而已。」

廖親親點頭如搗蒜，這也是他跟豬豬爭執的理由之一。

「不過我說過了，除此之外，我還有其他原因。」

「是什麼？」豬豬失蹤了整晚，廖親親百無聊賴之下打電話來。都怪小魚沒有跟我套好招，以致掩護失敗。我無意間說出豬豬是跟小魚去了舞廳的事實。廖親親氣得跑來找我，原本他說打算來個報復行動，要一起到哪個酒館去把妹，但這提議被我駁回，事實上我們兩個根本不是什麼才子或痞子，「把妹」這個年輕人用的新鮮詞彙，我們永遠只能嘴巴說說而已。

「你很想知道嗎？」我問。

中午起床時，小魚已經出門了。她約了豬豬逛街，原本拉我一起去，可是被我拒絕了。跟著兩個女人去逛街，除了發呆跟提貨，我想不出來自己還有什麼用處。

難得一個沒稿子要趕，她也正好放假的日子，我忽然想吃頓日本料理。以往，只有在完成稿子時，我跟小魚才會出來上上館子。今天沒有工作，慰勞一下自己總無妨吧。原本我想等小魚逛完街，約在外頭用餐。一起吃完飯後，小倆口可以在新崛江晃晃，再晚一點，或許就到附近的酒吧去喝一杯，喝到微醺時，自然就是該回家的時候。接著，當然不言而喻，會是我們親密的時光。

「這是今天原本的計畫。我中午還特地打掃了房間，布置成一回家就可以上床的乾淨狀態，甚至連保險套都準備好，已經放在床頭了。」

「結果呢？」

「結果？」我苦笑了一下，告訴廖親親，在他打電話來，兩個女人跑去跳舞的祕密曝光之前的半小時，我的手機響起來，小魚說她跟豬豬回到巷口的便利商店，要我下樓一趟。

逛了一下午，臉上依舊容光煥發，半點倦容都沒有的小魚，問我今晚是否另有安排，在這場面底下，我當然不好將我那吃飽就喝酒，喝完就回家做愛的齷齪盤算宣之以口，於是只好搖頭。

「那……我可以跟豬豬去跳舞嗎？」她說得有點期期艾艾，我差點暈厥過去。

「很久沒有去跳舞了，剛才我打電話給以前的學姊，她就住在附近而已，想說可以一起去……」

那瞬間我啞口無言，只得愣愣地點頭答應，就看著兩個女人在我面前興奮地吱吱喳喳，討論起晚上要去哪一間夜店，還有哪個學姊可以約，最好是找誰開車之類的。說著，豬豬立刻拿出手機，開始撥了幾通電話。

小魚把幾個紙袋交給我，裡頭是今天敗家得來的戰利品。她說既然這樣，那就乾脆先不上樓了，她們可以馬上轉戰下一個據點。

「不用換個衣服嗎？」我露出為難的神色，小魚穿著短裙和高跟鞋，我一點都不覺得那是運動時應該穿的。當然，如果去舞廳跳舞也算運動的話。

「沒關係啊，這樣就可以了。」說著，她把豬豬手上的東西也遞給我，要豬豬晚上回來再拿。我不知道應該說什麼才好。不到十分鐘，就看見一輛汽車駛了過來，停在便利商店外，豬豬開心地跑了出去，而後面跟著的是眼裡漾出興奮光采的小魚。徒留下一個滿臉錯愕，雙手提滿了紙袋的我。

「車子就這麼開走了？」廖親親目瞪口呆。

「是啊。」

「日本料理、小酒館跟保險套都泡湯了？」

「沒錯。」

「然後呢？難道你是因爲這樣才生氣的？」

「不是。」我苦笑著搖頭，極其無奈地說：「我生氣，是因爲從那個什麼狗屁學姊出現，到她們上車，車尾燈在我眼前消失爲止，我女朋友連一句再見都忘了要跟我說。」

我可以不吃日本料理，不上小酒館喝酒，但請妳至少記得我站在妳旁邊。

好嗎？

摘下了戒，就摘下了你的誓言，但摘不下你我的每一個昨天。
昨天，你還唱愛太美。
當由淺而深且深了又淺終將褪去暮色這夜，輕輕呀，吉他聲慢慢。
我還你最渴望的自由，你能還得起我心不殘缺？

摘下了戒，就摘下了高懸心上一抹眷戀，卻摘不去記憶裡你望我的臉。
記憶裡有落英殘紅的點點片片。
誰稱得上不怨不悔？誰不在寂寥洪波中徒徒擱淺？
四季於是輪迴，咱卻落得夢中見。

無心的人便了脫了心力交瘁的罪，你自然依舊是我甜美的曲調，
只是我就摘下了戒，摘下了戒。別。

9

「所以說穿了，你們是在結婚與否的共識上出現問題的，對吧？」大維用不解的眼神看我，他不明白我這麼急切地想結婚究竟是爲了什麼。然而我告訴他，這麼多年來的每一段戀愛，其實我都抱持著可能結婚的打算。

「所以你跟多少人求過婚？」

「這是第七個。」我很心虛，沒想到十隻手指居然就快算滿了。「可是這次的對象我覺得最適合，畢竟不管年紀、工作，我們都到適婚年齡了，對吧？」

「看起來對，事實上對個屁。」大維很冷靜地搖頭，「你交往過的馬子我認識至少一半，我覺得這個是最沒希望的。」

我一愣，問他爲什麼。

「純粹是感覺問題。」他搖頭。

「感覺不足以成爲理由，況且你只見過她那一次。」我也搖頭，他肯定還有話沒說完。

大維又看了我半晌，嘆一口氣，「你哪個馬子會在禮拜五晚上，寧可選擇跟朋友去唱歌，也不願意陪你在家看HBO；又有哪個馬子，會誇張到交往一年了，還連你生日都不記得？甚至弄得你苦惱成這樣，結果連累我犧牲，跟你出來做窮人旅行？」

他說得我愕然無言。大維看看我，又嘆氣，「你是很愛她的，這無庸置疑。愛情固然很美，但是衝動的愛情通常都沒好下場。」

是衝動嗎？我問自己，或許是。「結婚」這兩個字，在和小魚交往的第一個月我就已經脫口而出了。話說回來，結婚如果不是依賴衝動，那我們還結個屁婚？多少人深思熟慮後才走進教堂，而如此斤斤計較的婚姻關係難道就比較持久？老實說我一點都不認爲。

「不過說實在的，在我看來，這些都是生活上相處的小問題而已。」聽了我一連串又臭又長的瑣碎後，大維下了結論，「我覺得構不成分手的理由，也應該還不到你的忍受極限。」說完，他盯著我瞧，「我肯定你還有更倒楣的故事還沒說。羅馬不是一天造成的，駱駝也不是一根稻草就壓得垮的，對吧？」

這下換我嘆氣了，我點點頭。會讓我終於想離開高雄那個房子，逃離熟悉的霓虹，在停止了很多年後，又再次踏上這段旅程的理由，當然不是爲了回味當年的悠哉時光。而是三十年來，我頭一次距離婚姻這麼近，卻也同時離它這麼遠。那種心情，簡直是倉皇失措的。我非得走上那麼一段已經逐漸陌生的路，吹一陣島嶼上其他角落的風，才能慢慢沉澱，好好想清楚自己究竟該如何下這決定。夜漸深，宜蘭的夜空不見星芒點點，我的心情也好不起來。那些我原以爲可以不必說出口，不必逼自己再次去回想的記憶，看來是無法再藏匿得住了。不但對大維是如此，對我自己也一樣。於是，我只好把這個漫長的故事繼續說下去。

農曆年前，小魚接到一通電話，通知要籌辦國小同學會。對於她的友人，我向來過問得不多，畢竟每個人都有權擁有自己的生活圈和隱私，我只做最低限度的要求，至少要讓我知道她跟誰出去逛街或打球，或者跟哪個朋友講電話聊天，這樣就夠了。除非必要，否則我也沒太大興趣參與太多她的社交活動。就像這個同學會，我答應了要開車送她到台南參加，也同時表明會單獨離開，自己找地方打發時間等待就好。

「你不覺得這樣很沒安全感嗎？」廖親親問我。

「疑人不用，用人不疑，古老的中國哲學幾千年來就這樣說了，不是嗎？」

那天，我們兩個男人吃飽撐著沒事幹，一起在釣蝦場裡窩了整個下午，放任彼此的女朋友相偕去中山大學打球。廖親親四肢發達，釣蝦技術竟然爛得很徹底，一下午毫無斬獲，倒是啤酒喝了不少。

「這很難做到。」他搖頭。

「像你這樣有前科的人當然做不到，因爲你就是個失敗的例子。」我調侃他。曾經聽小魚說過，幾年前他們還是大學生時，廖親親有過劈腿的不良紀錄，有一天晚上刮風下雨，可憐的豬豬不顧全體室友反對，行李、錢包都沒帶就往校門口衝，還跑去向校警借錢，說要搭計程車去台東，找她那個變了心的男朋友。這件事雖然已成過往雲煙，我也不曾親眼目睹，不過每次茶餘飯後聊起來，總可以說得廖親親無言以對。

「所以我只做最低限度的要求，兩個人互相尊重，這就夠了。」

「互相尊重？」

「簡單地說，就是把對方放在眼裡。不管你醒著、睡著，在日常生活中，都把你的另一半放在心裡，在自己的言行舉止中，隨時考慮到對方的感受，這樣就可以了。」

「說得很簡單，小魚做得到嗎？」

「做得到我就不必講了，幹。」我沮喪至極。

對於小魚，其實我並沒有懷疑過她什麼。當然情侶之間多少會有想要探詢對方的猜究之心，當手機收到簡訊的提示音響起，我們難免想知道來者何人。當對方在電腦前，跟某人線上長時間交談，我們也肯定會好奇對方是誰，這些都算合理。我眞正在乎的，是她如何讓別人知道，今天的小魚已經不再是一個人獨居，動不動就可以呼朋引伴徹夜狂歡的那個她。此外，面對別人的疑問時，她又會怎麼樣說明我們之間的關係。

小魚開心地跟老同學聊著天，還跟那個籌辦人特別說了會帶我去。我坐在床緣逗貓，猜想那個籌辦人大概問起了結婚的事吧，小魚露出靦腆的表情，笑著說還不一定。

「還不一定嗎？」終於等到她掛了電話，我湊上前去，一把抱住她。像極了電影裡的男女主角，我們非常通俗地擁抱、接吻，然後做愛。在大汗淋漓後，我讓她枕在胸前，又問了一次，「我說眞的，嫁給我。」

「嫁給你有什麼好處呢？」

我還來不及把自己的優點再次娓娓道來，結果她的電話又響起。我們躺得很近，我聽見電話彼端是個男生的聲音。然後小魚對我打了個手勢，要我先安靜下來，並且用嘴形無聲地說：「我國小同學。」

我臉一沉，我知道那個誰的存在。跟小魚同居幾個月來，這男生經常晚上超過十二點後才來電。我向小魚抱怨過幾次，畢竟她已經不是可以熬夜的大學生，不該講電話講得太晚，同時我也覺得就男女關係上，這多少有些不妥。

她依舊躺在我身上，和電話那頭的人聊起了過些時候要舉辦的同學會，小魚顯得很興奮。我連續拍了她兩次肩膀，示意她別講太久。

「這樣吧，你改天再打來好不好？」對電話邊說著，小魚抬頭看我一眼，見我臉上早已沒了笑意，於是小聲地說：「我男朋友在，不方便聊。」

然後我真的生氣了。

「不方便」三個字非常曖昧，而要命的是通常象徵負面的意義居多。幹。

10

儘管我的國語文造詣並非頂尖，仍試著把那種差別向她解釋清楚。小魚說她不能明白自己那句話哪裡不妥。在她的觀點裡，想不透這有什麼錯。不算吵架，我們只是僵了點。

夜很深時，我還沒有睡意。畫不出細膩的手掌曲線，我拿了數位相機對著自己的手拍照，然後根據照片再畫一次。好不容易完稿時，天已經亮了。小魚睡得正沉，沒有完稿後的興奮心情，卻反而多了點落寞的我走到陽台抽菸。巷子很窄，老舊的欄杆上擺了幾盆黃金葛，翠綠跟暗沉的銅色形成鮮明對比。從巷子看出去，遠天外正曚朧。

就那樣過了幾天，我本想趁著週末回老家一趟，暫時躲開放假的小魚也好。沒想到她居然在禮拜五中午打了電話回來，叫我收拾行李。她說：「收行李之前先研究一下，看有什麼方式可以去金山，如果要訂票就趕快訂。」

「金山？」我懷疑自己有沒有聽錯。

「對啊，金山，在野柳附近。我同事說那邊有露天溫泉可以泡。」說著，小魚壓低了音量，「等一下我就找空檔開溜，提早下班出發，好不好？」

我在想，她是已經忘了前幾天我們的僵局呢？還是想趁這機會做一點補償？一邊收拾著換洗衣物，坦白說我也並不覺得突兀，這種無厘頭的出遊以前我自己也很常做，小魚也是這種想到就做的直腸子。在火車上，我的腦子還繞著這問題打轉，也不時偷眼觀察她。但也許是上了一天的班太疲憊，小魚一上車就睡著，我連開口刺探的機會都沒有。

我們訂的民宿位置很偏遠，當我們輾轉終於抵達金山車站，又走了好長一段路，終於在一個巷子裡找到它的招牌時，都已經半夜了。「買蠟燭幹麼？」我很疑惑，在民宿附近的便利商店裡，除了食物跟一瓶紅酒，小魚還買了蠟燭。

「等一下你就知道了嘛。」她笑著說。

滿腹疑惑地買完東西後，在僻靜的鄉間小路上，我們又走了一段路，才抵達渡假木屋。房間很小，室內也只有一盞小燈。一大半的空間都是浴池，池底貼滿舊式的圓形小磁磚，看來充滿復古風情。一個專屬於兩人世界的池子，裡頭滿滿的都是溫泉水。

「不是有電燈嗎？」走進室內，我伸手就要開燈，但小魚卻叫住我。她微笑一下，拿出蠟燭來，點著後，就插在池子邊，然後示意要我坐下。

「妳很怪喔。」我覺得她一定有什麼企圖。

她笑而不答，把我們的行李先丟到一邊去，將剛才從便利商店裡買來的食物一一打開擺好，在紙杯裡倒滿了紅酒。

「親愛的老公……」她很少把「老公」這字眼掛在嘴上。小魚雖然直爽，其實還是有羞怯的一面，聽她叫這一聲，我整個人都飄了起來。「我知道前幾天你不高興，可是又不知道怎麼跟你說才好，所以……」說著，她又停了下來。

「算了。」微笑，我已經明白她的意思，也接受了這番心意。這大概是她的極限了，再要她表達得更具體一點，恐怕也很難了。

喝掉一杯紅酒，在燭光包圍的小木屋裡，我們沒開燈，就這麼吃起便利商店買來的微波食物。很浪漫，雖然這浪漫的代價，是我們走了大老遠，幾乎要斷腿的疲憊；還有從高雄一路奔波到台北，又在這索價不菲的渡假木屋裡，相當於我畫一張稿子才能賺到的開銷。

「不過我說眞的，」我笑著說：「下次妳如果想做什麼表示，不用故弄玄虛，還大老遠跑到這裡來。便利商店我們巷口就一間，蠟燭家裡也有，而且我們自己浴室裡也有小浴缸可以泡澡啊。」

「感覺不一樣嘛。」喝了酒後，臉色潮紅的她比平時更嬌豔動人。她笑了笑，放下筷子，拿出薄荷菸來，接著隨手伸過去，就要從旁邊那一整排蠟燭裡摘下一根來點菸。

「小心！」眼尖的我急忙叫了一聲，因爲已經微醺的小魚伸手過去，眼睛卻沒在看。她拿了一支蠟燭，手一晃，又碰倒了兩三支。一個小火苗轉了兩圈，滾落在地上，燒到鋪在床鋪底下的地毯。

「糟糕！水！快點！」她自己也嚇了一跳。

不必等她說，我早已經爬了起來，把手邊的空杯一把抄起，就要往那池溫泉水舀去。就在那瞬間，忽然我腳底一滑，像極了當年跟我爸去釣魚時，意外落水的那一刻，我看見眼前的世界倒轉，自己的身體騰空而起還滾了一圈，接著撲通一聲，整個人應聲摔進水池裡。

「哈哈哈哈……」她把紅酒直接潑過去，輕而易舉地就澆熄了那一點點的小火花。然後，剛才所有的綺想和浪漫氣氛全都消散無蹤。她站在池邊，手指著渾身溼透，一臉狼狽樣的我哈哈大笑。

浪漫的故事不適合我們這種人。

在我把她也扯下水，一陣親吻後，我說。

11

那天下午，我睡到將近傍晚時才醒來，手機裡有小魚傳來的簡訊，問星期六有沒有稿子要趕。上次去綠島的原班人馬，大家約著想到中部，要去九族文化村。看著簡訊，我有些哭笑不得。值得高興的是她慢慢學會了詢問，知道體貼我不定時的工作型態。另一方面頭痛的是，這些年輕人哪裡不好去，偏偏要去那種遊樂園玩。我摸摸下巴的鬍渣，完全不敢想像自己坐在雲霄飛車，或什麼自由落體那種遊戲機上的樣子。而且要命的是，這樣一來，等於我們每個週末都在外頭玩樂，那開銷之大，讓我簡直想都不敢想。

「那很刺激耶！」走在九族文化村的園區，小魚還在鼓勵我。

「我知道，我了解，我也可以體會。」我點點頭，「不過妳想，我們六個人如果都坐上去，那隨身行李該擺哪裡呢？一定要有人留下來看守的，對吧？」

「所以呢？」

「我很樂意擔任這項艱苦的工作，而且還會順便替大家拍照，妳說好不好？」

「當然不好。」小魚一口回絕了我的提議，大家都笑了出來。除了小魚跟我、豬豬與廖親親之外，另一對是上回遠征綠島的同件。他們不愧是默契絕佳的球隊老戰友，眼見我一臉哭喪，豬豬勸我別怕，還說我可以坐在最後一排。

「有什麼差別？機器要是故障，整個座椅飛出去，不管坐在哪一排都得死吧？」我腦海裡早已經被那些災難電影的恐怖畫面給佔滿了。

「差別是在，假如機器沒壞，你也沒被甩出去，可是卻在雲霄飛車上吐出來的話，那至少坐在你前排的我們不會吃到。」一直看著好戲的另外一對男女搭腔，然後又是眾人的一陣狂笑。

說真的，九族文化村其實是個挺有趣的樂園。玩海盜船時，我跟小魚還坐在船的最尾端，任憑它搖得老高都無所謂，只覺得有趣。搭乘自由落體時，我也沒害怕到哪裡去，唯獨雲霄飛車例外。那種既要花時間排隊，又要折磨自己心臟，還得冒著生命危險的玩意兒，眞不知道人類發明它來做什麼。

眼見距離那彎曲高聳的軌道愈來愈近，排隊的人群隊伍已經近在眼前，我的腳步便愈來愈遲疑。不過我知道，其實一臉勉強的廖親親也是很恐懼的，只是礙於豬豬的威迫，看來他同樣沒有掙扎餘地。

「妳眞的不考慮一下我的提議嗎？」我已經開始腿軟了，在排隊的時候。

「到底是什麼原因讓你不敢上去呢？」小魚一再保證，說雲霄飛車斷軌失事的機率，遠比任何交通意外來得低。「你要是害怕就閉上眼睛，反正速度很快，馬上就結束了嘛。」

「既然速度很快，那我上不上去又有什麼差別呢？」

「就陪我嘛，拜託拜託，好不好嘛？」小魚拉著我的手，一臉誠懇地請求，「就像豬豬有廖親親陪著一樣啊。」

我著實爲難的表情，用近乎哀求的語氣，「妳這不是強人所難嗎？過完年我可以陪妳回台南，再順便去妳家跟妳媽吃飯，妳高興的話，請個特休假，我也可以帶妳出國玩，這次就先饒了我吧。」

已經退無可退了，我只差沒有跪下來求饒而已，眼下終於排到月台邊，柵門一開，同行的那兩對立刻搶佔了最前面的兩排座位。

「你看，這是雙人座的，如果你不陪我，那我就只剩自己一個人了。」說著，她把我拉到月台邊，突然一反剛剛的懇求語氣，非常鄭重地對我說：「這樣吧，既然南灣你游不完，那至少像個男人一點，就上去一次，證明你的勇氣給我看。」

「上次在南灣，我就爲了勇氣兩個字差點淹死，現在還來？」我感覺自己有淚水迸到眼角。

「你敢上去的話，過年回台南，我就跟我媽說要訂婚。敢不敢？」她用賭氣的口吻。

「妳說眞的？」我一愣，視線盯著她看。此時，機器管理員過來問我們到底上不上去，雲霄飛車馬上就要啓動，已經坐在位置上的豬豬也在大聲催促。

「妳說眞的？」我又問了一次。她那句話簡直是我的死穴，跟上次在南灣時很像，一愣之後就是眼睛一亮，我又忘了提醒要自己理性。

「眞的。」她親口回答。

簡直像中了魘鎭似的，我竟然乖乖地坐上了那腳踩不到任何施力點的該死玩意兒。液壓式安全桿架放下，將我牢牢地箍在這懸空的座位上。「不用怕，眞的很安全的。你要是怕的話，就大聲叫出來吧。」小魚坐在旁邊，把手伸過來，輕輕拍了拍我手背。

「我沒有在害怕。」我嚥下一口唾液，現在滿腦子都是小魚剛剛的承諾，我哪裡還有時間害怕？

那種風馳電掣的感覺瞬間襲來。其實我從頭到尾都緊閉著眼睛，到底這樣在半空中被甩來甩去時，會看到什麼風景，我一點期待也沒有。耳邊盡是狂嘯不已的風聲，跟來自前後與旁邊的尖叫聲。身體劇烈震動時，我彷彿無法呼吸似的。爲了湊興，才勉強跟著毫無意義地大叫了幾聲，只是那當下一點抒發釋放的效果也沒有。佔滿腦子的，除了小魚的那句話，我只想知道這台鳥機器他媽的什麼時候才會停。

暈頭轉向的時間果然極爲短暫，我在感覺到速度減緩時才睁開眼睛，看見雲霄飛車已經慢慢滑入月台。我用力地呼了一口氣，慶幸自己死裡逃生。小魚還興致高昂地，問我感覺如何。

「老實說，沒感覺。」我苦笑搖頭，恐懼還不及到來前，我的肩膀跟胸口早被安全桿撞得痛死了。

「那我們再來一次好不好？」忽然，坐在前面的豬豬回頭問。

我懷疑自己有沒有聽錯，月台邊排隊的人不多，我們確實可以選擇不下去。不過就在我打算反對時，小魚又很快地開口問我，「既然沒感覺，表示你還能接受嘛，爲了這個賭注，再坐一次吧？」

真懷疑她到底有沒有看清楚，身邊這個男人早就已經面無血色。我沒有選擇的餘地，只在心裡暗罵自己怎麼老是禁不起激。眼睜睜看著安全桿又落下，我的腳又懸空，大約不到三分半鐘的時間，居然又經歷了一次生死關頭。連續玩了兩輪，這些死小鬼們終於過足了癮。當我真的能夠走下月台時，勉強定了定心神，搖搖手示意小魚說我還好，拒絕了她的攙扶。我緩步下梯，慶幸自己還沒吃午餐。

「人生就是這樣啊，老是過安穩的日子有什麼好玩？你不覺得偶爾坐一次雲霄飛車很刺激嗎？」小魚拍拍我肩膀，走過我旁邊。

「我覺得人生的刺激不需要這麼冒險。」我虛弱地回應。

其實大家的臉色都有點發白，廖親親比我還嚴重。慢慢走離了雲霄飛車，背後傳來列車啓動的聲音，然後我聽到像剛才一樣慘烈的尖叫聲，那瞬間我很開心，還好我的腳底板已經踩在地面上了。

「嘿。」我出個聲，叫住了正在跟豬豬笑鬧的小魚，用充滿驕傲的口氣，小聲地說：「上次沒游完南灣，可是這次我做到了喔。」

「嗯？」她一愣。

「嗯什麼嗯？妳該不會把十分鐘前的記憶，通通留在雲霄飛車上了吧？」我還兀自喘著氣，「現在換妳上場了。」

我握著小魚的手，雖然無力，但卻緊緊牽著。人就是一種這麼莫名其妙的動物，好像非得做一些危險或冒險的舉動，才能證明自己的勇氣或決心似的。我看著小魚，把剩下的力氣全都灌注在凝視的眼神裡，讓她知道三十年來都害怕雲霄飛車的男人，這次是眞的賭上性命，冒著尿溼褲子的危險，證明我是眞的想和她在一起的決心。我心甘情願這麼做，非常心甘情願。

「你該不會是認眞的吧？」結果她訥訥地說出一句話，讓我整個人涼了半截。

「是啊。」我忽然有種不妙的預感。

「可是……我只是想激你一起上去玩……所以……我只是開玩笑的耶……」最後她說。

那天，我的心死了一半。

順便還發了個誓，這輩子眞的打死不再坐雲霄飛車。

12

從九族文化村離開，我始終都盡力維持著笑容。旅程結束前，我不想露出難看的表情，壞了大家的遊興。回高雄的路上，聊起出國旅行的計畫。我聽見小魚對豬豬說：「日本吧，企鵝比較想去日本。」

「爲什麼是日本？」廖親親攀在我椅背上問。

不知道。我回答。這些年來趁著稿件不忙時，偶爾我會出國走走。去過幾個東南亞國家後，就只剩下日本，那裡也是我學生時代最嚮往旅行的國家。

「過年後我想換工作，如果有機會，我們先去一趟日本，回來我再開始上班，你說好不好？」小魚問我。

「都好。」我回答得很簡短，因爲腦海裡都還是在九族文化村時，下了雲霄飛車後的感觸。事實上，我也沒機會多說什麼，豬豬立刻拉著小魚，問她想換工作的理由。

若干年來，我一直沒有經歷過朝九晚五的上班族生活，體會在辦公室裡跟一群人共事應該有的感覺，我只能根據看過的電視劇，再加上自己的想像，認爲應該是幾個人同心協力在一個部門裡，爲了所屬的企業效力，同事之間偶爾有說有笑地互相打趣著。不過不幸的是，這畫面剛好跟小魚現在上班的情形完全相反。不久前，我出席過一次他們公司的聚餐，到了飯店才知道，原來業務部的小魚，參加的居然是會計部的餐敘。

「別說聚餐了，在我們部門，連個水煎包都不會一起吃了。」那時候，小魚嗤之以鼻地說。

每個人習性不同，倘若換成是不愛跟人往來的我，也許就很適合她的業務部，不過小魚可不行了，要她在一個氣氛冰冷的辦公室裡待上八小時，那還眞是要她老命。所以打從我們認識的那天起，小魚就曾不只一次跟我提過換工作的想法。

遠天漸暗，夕陽西垂，車子一路飆過台南。距離高雄已經不遠，我們還要趕到下一個據點，今晚，那個我們常去的小酒館有場烤肉派對。還要繼續裝得若無其事地烤肉喝酒嗎？我做得到嗎？我很想打道回府，一個人躲在被窩裡。狠狠哭一場可能不容易，至少我可以用力睡一覺，讓自己暫時遠離這種欲哭無淚的心情。今天，我認爲最重要的一件事，一個夢想，變成我最愛的人口裡最大的一個笑話。

坐在店門外的椅子上，靜靜看著分成幾群的客人們，正蹲在分散擺放的幾個烤爐邊。飄香四溢，我卻沒有半點開心的情緒。小魚拿了瓶啤酒給我，在我旁邊坐下，吃起烤香腸。這場由店家舉辦的烤肉派對，沒有設下任何參加活動的資格限制，他們只擔心人太少，因此在邀約熟客時，也順便請大家幫忙宣傳，多帶一點人來。所以除了我們六個，另外我還約了電腦繪圖課的幾個學生，找他們一起來玩。

「這是哇沙米，我教最久的笨學生。」我把一個個子矮小，非常天真可愛的女生叫過來，介紹給小魚他們認識。哇沙米羞怯地對大家招招手，臉上有靦腆而憨直的笑。小魚也笑著，拿起手上的啤酒，跟她乾了一口。

「這是小魚，我女朋友。」說到「女朋友」三個字時，我想起下午的遭遇，心裡又是一陣愁雲飄過。

很熱鬧的夜晚，音樂喧嘩，人聲鼎沸。我們算是晚到的，所以店家又另外開了一座烤爐給我們。哇沙米跟那幾個學生窩在一起生火，我在一旁安靜地看著他們開始動作。

「哇仔，」看了半晌後，我叫她，「沒想到妳這麼厲害耶，又會生火又會烤肉。」我是由衷欽佩，沒想到這類平常都由男生負責的工作，她這樣一個小女生也能夠勝任。

「你不知道我在我們系學會號稱是女強人嗎？」她驕傲地說。

「妳把事情都做完了，那還要那些男生幹什麼？」

「是啊，就因爲我已經把事情都做完了，所以我不需要男生啊。」她回過頭看我，「與其要他們來礙手礙腳，擋著地球轉，還不如老娘自己一手搞定。」

「妳一定是金牛座的。」我忽然心念一動。會這樣猜測，實在是因爲她這方面的性情跟小魚很像。

「猜對了。」她哈哈一笑，拿起一串剛烤好的香菇給我，「給你一個獎品。」

我笑著把香菇吃完，又喝了一瓶啤酒。心裡在想，是不是金牛座的女生都這樣？她們太仰仗自己的本領，在各領域裡都力求表現，也只想按照自己的一套思考跟行爲模式行事，所以反而不那麼依賴愛情，也不希望有人成爲她們實現自己時的絆腳石。我皺起眉頭，不曉得應該如何是好。萬一眞是如此，那我跟小魚之間的問題可就大了。

「會不會很累？開了一天的車。」一直到處穿梭著聊天的小魚晃了回來，在旁邊坐下，也打斷我方才的思緒。

「還好。」我點頭，臉上還掛著微笑。

「想吃什麼？我去幫你烤，還是要吃香腸？」她拿起手上的一串香腸問我。

「沒關係，我不是很餓。」我嘴上這麼說，但不忍拂她的意，還是咬了一口。

腦海裡無法仔細釐清，不曉得自己該用什麼表情或態度才好。我知道小魚不是故意的，這種下意識脫口而出的傷人話，她不是第一次說，我也不是頭一回中槍倒地，只是這次眞的讓我癱軟無力，連爬起來的力氣都沒有。而癱在地上時，除了痛，我還有一種前所未有的慌亂。

「如果要去日本，盡量不要拖太晚，三月左右好不好？」我試著轉移自己的注意力，「幾個手邊的稿件我趕一趕，之後的，我試著稍微緩一下，這樣剛剛好。」

「應該沒問題，過完年離職，然後我想休息一陣子，三月的時候去日本玩，玩夠了，回來再一邊準備考駕照，一邊找工作，然後四月初就上班。」小魚嘴裡喃喃自語地說著她的計畫，忽然又問我那時候櫻花開了沒。

「應該差不多了。」我點頭，很想問問，在她安排這些進度時，有沒有想過，如果四月才到新公司上班，她要花費多少時間去適應新環境？會不會因此影響了我們的計畫？我忽然想起，剛在一起時，我就曾經問過她關於結婚的事，沒有記錯的話，她說七月可以先訂婚，那距離現在也只剩半年了。我側臉看看小魚，她剛把香腸一口吃掉，正在努力咀嚼。我有些苦悶，看來她根本沒想到那麼多。

「我也很想看看櫻花落下的繽紛畫面，聽說那是日本人心目中最美的景色。」

算了吧，心裡已經充滿哀愁和沮喪。我已經不想再戳傷自己了，只好換個話題說。

「可惜，最美的時候就是凋謝的時候。」

「是啊。」我嘆氣。

最美的時候，往往是凋謝的瞬間。

櫻花，愛情，原來都是。

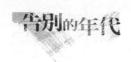

13

過了好一陣子後，我才把在九族發生的那件事對廖親親說起，他的臉色極為沉重，問我現在作何感想。

我搖頭，「老實說，一點感想也沒有。」順道提醒他，這事絕不可以讓豬豬知道，因為我不想它再起漣漪，最好全忘光。

「真的忘得掉嗎？」

「真能忘得掉就他媽的太好了。」然後我們都笑了，只是笑得極苦。

農曆年前，廖親親來找我借那部二手破爛車，說是要搬宿舍。我把鑰匙給他，稍微說明一下車況後，兩個人窩在文化中心附近的咖啡店裡。這個體育系畢業的小子四肢發達，可是頭腦單純得很，問我會不會因為這樣跟小魚分手。

「應該不至於吧。」我還在苦笑，「只是慢慢開始有些懷疑，自己到底還要不要對這段感情抱那麼大期待。」我告訴他，其實我不喜歡小魚的一些表現。比方說，男朋友就是男朋友，我不喜歡小魚跟豬豬聊天時，老稱自己的情人為「我男人」；也不喜歡她對人跟人之間相處互動的拿捏，有些時候，和某些人的界線應該畫分得更清楚些，就像她那個因爲男朋友在，而「不方便」多聊電話的國小同學。

「可是這段戀愛總是快樂多過於悲傷的吧？」

「幸福美好絕對存在，這無庸置疑。」我微笑點頭，「等她下班，一起吃頓簡單的晚餐，然後期待週末，兩個人去逛逛無聊得要死的新堀江，這很快樂；沒事幹的時候，就一個人拿著空的洗衣籃，另一個把貓抓起來當籃球練習投籃，這個很快樂；逛屈臣氏，我的臉就是她彩妝的樣板，讓她把眼影、腮紅，還有睫毛膏都塗上來，這也很快樂。」

「是嗎？」

「雖然她對美工沒多大興趣，不過當她偶爾對別人炫耀，說自己的男朋友也算是個小有名氣的封面插畫家時，這也很快樂。」

「她有向誰炫耀過嗎？」

「跟豬豬啊。」我忽然笑了出來，「有一次，小魚把我畫她的圖傳給豬豬看，豬豬說她非常羨慕，因爲她的男朋友除了四肢發達之外，半點才情也沒有。」

「媽的……」

愛情裡誰該付出得多，而誰該付出得少？兩個人的未來由誰去定出方向，由誰去主導，從來沒有任何人能夠下定論。我想了又想，同樣沒有半點答案。

除夕前，我送小魚回台南，在麻豆交流道下高速公路。然後一起去逛了逛那個離我雖然不遠，但卻始終未曾造訪的小鎮。去她國中、高中的母校，幾個她常陪著母親去參拜的寺廟，乃至於她又愛又怕的高熱量酪梨牛奶我都喝了。送她到家，她母親不在，我省了寒暄招呼的麻煩。

「你開車回去要小心一點，知道嗎？」小魚叮嚀了一下，我關上車門時才想起，忘了要個告別的吻。

剩下一個人在住處，趕在除夕前畫完所有的圖稿，這時反而閒得慌。結果一通電話，回高雄度假的大維把我挖到他家來。

「早說了吧，我覺得你們合不來的。」大維沖著咖啡，問我：「現在怎麼辦？」

「我也不知道。」我嘆了一口氣。

大維在家裡弄了一整組的咖啡器具後，就反而很少待在高雄。他說他這輩子最遺憾的就是當不成一個咖啡店老闆。看他手忙腳亂，我覺得當不成也是好事一件。

「沒有人是十全十美的，這你自己清楚。」大維喝著他自己沖出來的難喝咖啡，跟我一起坐在十七樓，可以俯瞰高雄市風景的陽台邊，說：「也沒有一束花可以和你的花瓶完全契合。怎麼讓它協調好看，這就要看插花人的態度跟本領了。」

「我現在懷疑的，就是自己究竟有沒有這本領。」我說。

「沒有的話就趁早了斷，對花跟花瓶都好。」大維說。

難道就這樣放棄嗎？答案當然是否定的。只不過，還能怎麼做，我可一點主張都沒有。大維建議我該把這些心情說出來，而我搖頭了。畢竟這些是觀念上的差異，也是彼此認知上的落差，我的問題在於，爲什麼我無法讓小魚明白我對情感的認眞程度，怎麼她會把我以爲最要重要的心願當成玩笑。而小魚的問題，在於她至今還不覺得兩個人可以在一起一輩子。

回到高雄，又下起了雨。過年期間，連那小酒館都歇業了，無處可去的我，只好躺在床上逗貓。牠們太習慣小魚的存在了，對我的招呼竟然視若無睹。

「媽的。」我啐了一口，拿枕頭丟過去，把貓給嚇跑了。這房子已經不再是以前我獨自居住的地方，很多東西在這半年多來都移動了位置，處處都有小魚的存在。那是一種很無聲，卻非常徹底的融入。如果生活起居裡的種種物件都可以這麼自然地融合，那為什麼想法或觀念不行呢？我懊惱地走進浴室，讓蓮蓬頭的水灑在身上。正想伸手去拿牙刷來刷牙時，卻發現藍色和綠色的兩支牙刷，我瞬間也有點分辨不出來哪一支是誰的了。

愛情，不是我們一起玩得很開心就足夠了的。

14

小魚的母親我見過兩次，是位年約五十歲上下，穿著打扮非常入時的婦人。其實她並不特別贊成或反對婚姻，對於我，她在乎的也只是我對小魚好不好，能不能給她生活上的照顧而已。正因爲這樣，第一次，小魚的母親從台南來高雄看女兒時，我特地把車子清潔打掃了一番，還在腦海裡仔細回想，到底我那個「準妹夫」是怎麼討好我父母親的。想清楚後，依據著既定方案行動：事先打聽好長輩在飲食方面的口味習慣，進餐廳時，一定要問長輩愛吃什麼，長輩客氣地回答「隨意」兩個字後，我們就根據已經掌握到的情報去點菜。到風景名勝參觀時，話不要多，他們絕對不是來聽歷史掌故的，與其口沫橫飛地誇耀自己的知識，不如預先準備一把遮陽傘，最好附帶一瓶清涼解渴的礦泉水。我那個準妹夫追的是小我四歲的妹妹，不過他本人比我年長好幾歲，果然也經驗老到。那回小魚的母親來高雄一日遊，我伺候得她非常滿意。

「再過幾個月，我們就在一起一年了耶。」我坐在副駕駛座上，一邊專注地看著前方，一邊對小魚說。

小魚雙手緊握方向盤，全身緊繃地點點頭，「是啊。」

我沒繼續說下去，心裡想的是：不曉得她會不會想到，第一次我跟她討論起結婚的事時，她說閃電結婚會嚇壞她母親，交往一年後再訂婚，會比較妥當一點。所以為了加深她母親對我的印象，我不斷製造機會，讓自己踏進她家門。距離那個約定的時間點愈來愈近，可是我們之間始終沒有太多進展。我又想起在九族文化村的那一天，心中有點隱憂。

第二次跟她媽媽見面，是一個送小魚回台南的週末。那天我們到得晚，我送小魚回家後，又跑去買了一堆消夜，其中當然有她媽媽最愛的魷魚腳。大家吃完之後，我才起身告辭，自己在汽車旅館過夜，隔天下午再到她家接她。那次表現得非常成功，小魚的母親叫我下次別去外面睡了，說家裡雖然沒客房，客廳也勉強可以將就，冷氣開著一樣很涼快，還可以聊晚一點。

那天，從台南回來的路上，小魚用難以置信的口氣對我說：「我真的太佩服你了，你不是我第一個帶回家的男朋友，可是是唯一一個，我媽說可以留下來過夜的，還叫你聊天耶。」

「離了婚的女人最需要的就是安全感，安全感的來源通常是金錢。」我笑了一下，「其實沒有聊什麼啊，我只是聽她說說基金投資的事，說到妳揮霍無度時，就附和著罵妳兩句而已。」

「幹。」小魚也笑了。

車子的速度極慢，我們沒上高速公路，選擇的是車輛較少，速度也較慢的一般省道。小魚目前的計畫，是過完年就找機會離職，然後去日本玩，同時還要考汽車駕照。其實那張駕照一點屁用也沒有，它只代表駕駛人有開車的資格而已。真正的技術，還是得在一般道路駕駛時磨練出來。聽完我的話，小魚現在一天到晚要我把車讓給她練習，結果坐在一旁的我比她更擔心害怕。幸虧現在是一大清早，交通狀況還算好。

「同學會結束後，要不要陪妳媽出去吃個飯？」我問小魚。

「不要太晚回來就好，隔天我要上班呢。」

我點頭，告訴她我知道了。小魚叮嚀了一下，這次見面可千萬不能提到去日本旅行的事。她媽媽就這麼一個女兒，巴不得她回台南上班住在家裡，每天監視得到才安心，說要出國去玩，她老媽絕對不會答應的。

「還有換工作的計畫呢？這個要不要也保密？」

「最好也先不要說。要是讓她知道我沒工作，搞不好眞的會押著我回台南。」

小魚想了想，說：「反正我已經在人力銀行網站上丟履歷了，希望工作到時候可以銜接得上。我擔心空窗太久的話，就學貸款會還不出來。」

「就學貸款的問題就不要擔心了，反正我會先幫妳墊著，這個不急。」看了看前面路口，又放下車窗來聽聽後面那些不耐煩的喇叭聲，我很傷腦筋地提醒她，「現在比較急迫的，是妳應該放開煞車，踩一點油門。已經綠燈很久了，再不開走，後面的車大概要撞上來了。」

我願意為妳付出一切，只希望妳完成我一個願望。

15

乍看之下，一切都很好。雖然進展的速度比預期的落後些，但無妨，至少都朝著完美的方向在前進，對不對？我這樣安慰自己。車子接近台南市區，交通狀況逐漸繁忙，於是我們換了座位，改由我開車。

這是一場我沒太大興趣的同學會，裡頭全都不是我的同學。早先已經告訴過小魚，我送她來就好，她去聚會的時間裡，我可以有自己的計畫。說起來，台南市是我第一個造訪的他鄉城市，高中時跟大維來過，北門路上那一堆書店跟二手唱片行可是我們的最愛。不過看來舊地重遊的機會不高了，因爲換手後，小魚便纏著我跟她一起與會，說今天本來就言明歡迎攜家帶眷，一起去吃個飯也無妨。

「頂多一兩個小時嘛。」她說：「吃飽飯之後，大家可能還會去唱歌，那我們就不要去了，因爲還要回家嘛。」

我點頭，其實是很無奈的。地點是一間三層樓的餐廳，就在台南女中附近的巷道裡，他們包下了整個三樓的空間。

我最近一次參加國小同學會已經是十多年前了，那時人數還不及他們這次的一半多。男男女女一大群聊天時，只有我獨自安靜地翻找菜色。我還眞感謝這間店製作了好大一本菜單，否則小魚興奮地穿梭在同學之間，根本沒空往這邊多看一眼，我還眞不知道做什麼才好。不過，再厚的菜單也總有看完的時候。看完菜單，我開始左右張望。餐廳布置得很歐式，鋼琴音樂聲流淌在空氣間，氣氛很優雅，但也讓我更加無聊愛睏。

「你是小魚的男朋友嗎？」偶爾會有人過來問候，我便寒暄點頭，告訴他們其實我今天擔任的是司機兼隨從的角色。不過，也有幾個人把我誤認成他們的國小同學，那可就有些尷尬了。我這才發現，眞正帶著男女朋友或家眷來的人並不多。

我坐在位置上，已經不曉得喝了幾杯水，上過一次廁所，還下樓抽了兩根菸，開始感到無聊。小魚好像把我給忘了，根本就沒再坐回到這邊的位置來。很想問問看，那個經常三更半夜打電話給她的男同學是哪一位，但根本沒機會開口。

嘿，往這邊看過來一下好嗎？我在心裡吶喊著，眼見陸續有餐點送來，幾個人已經回到自己座位上開始用餐，小魚卻一點想結束話題的意思也沒有。她興高采烈地轉過頭來看我，我本以爲她要叫我過去的，沒想到她竟然說了一句，「麻煩幫我把我的飲料遞過來好嗎？」

不該在這裡生氣的，我對自己說。因爲那太失禮，也讓小魚面子上不好看。於是我決定了，與其在這裡「罰坐」，還不如回車上去，至少有我喜歡的音樂，有我擱在後座的幾本書，甚至還可以躺在椅子上睡一覺。

「小魚。」我叫了一聲，因爲不好意思當著大家的面說要先走，於是只好用兩隻手指做了個「走路」的手勢，示意要先離開。小魚當下愣了愣，不過隨即也朝我點點頭。

我很懷疑她是否明白我的意思，不過無論如何，總算暫時脫身了。看看時間，同學會開始已經超過一個小時，那麼等他們吃完飯，最多也不過再一小時左右，想來不會太久。

我發動車子，開了音樂跟冷氣，隨手抓過來的是黃凡的《大學之賊》。這本充滿奇想情節的小說很精采，此刻，我竟失去了閱讀的興致，翻了幾頁，點了菸，我放下車窗，想的只有一個問題：如果今天我帶小魚參加一場我的同學會，我會不會把她晾在一旁，只顧著跟自己的朋友開心敘舊？

想了很久，想了又想，然後再想，再想，最後我把一口都沒抽就慢慢燒完的香菸丟出去，很沮喪地關上窗子，放倒座椅，躺下來閉上眼睛。我覺得很失落，因爲除了「不可能」，我想不到其他答案。

不曉得過了多久，我的手機終於響起，小魚問我人在哪裡。「大概再半個多小時，我們這邊就差不多要離開了。」妳終於發現我不在了嗎？我苦笑，回答說其實我哪裡也沒去，就在車上而已。

「那你的餐呢？」

「下樓的時候已經順便取消了。」我說。

掛上電話，才發現自己睡了一個小時。我知道樓上不會那麼快結束，我也還沒找到最適合待會兒看到小魚時應該有的表情。一直又過了四十分鐘左右，才慢慢有人從餐廳走出來。我從照後鏡看到小魚還跟同學站在店門口聊著，是在一一道別吧？我搓搓臉，讓精神恢復一些，心裡覺得那也就罷了，其實沒什麼好計較的。他們這一道別，下次再見又不知道何年何月，我就算多等一下又有什麼關係呢？

「你會不會餓？」小魚終於走了過來。她打開車門，可是沒有直接上車。

「不會。」我承認自己終究不過是個平凡人，剛剛被冷落的不平之氣還是難免，只是這當下，我想先等她上車，回她家的路途上再說也不遲。

「他們說要去唱歌耶。」小魚面帶爲難地說。

「不是還要趕回麻豆嗎？」我一愣，同時察覺到自己眉頭皺了。

「是啊，可是眞的很難推掉，大家一直在約。」小魚說：「我知道你不想去，其實我也不想，可是不去又不好意思。」

「那妳覺得應該怎麼辦？」最後我放棄僞裝了，索性就讓不耐煩的神色表露在臉上。

「這樣吧，如果你不想去，我就讓他們載，有人可以載我。反正不會很久的，頂多半個小時，我去露露臉就好。」

我還能說什麼呢？照後鏡裡是她那一大群老同學在等待，於是我說了一句自己都不敢相信的話，「上車吧，我載妳去，然後在車上等妳就好，反正半小時而已，我等妳。」

我很擅於等待，只要等待是有結果的。

16

不是第一次開車到台南市，卻是頭一回感受到台南市的交通警察在執勤上的勤奮。我車子停在新光三越前，被趕了兩次。後來我開到百貨公司後面的公園去，那兒也是沿路畫了紅線，不過看來警察比較不會注意到這邊。

我不想浪費汽油，把引擎熄火，搖下車窗。沒有風，雖然才剛過完年，但南台灣已經漸漸炎熱起來。還讀得下書嗎？當然不了。我看看躺在後座的《大學之賊》，嘆了一口氣。

車子開過來花的時間很短，只是稍微迷了路。我一面對照地圖，一面小心地開車，一到新光三越外面，就看見小魚的同學們已經等在那兒。我沒多說什麼，叫她趕快下車，因爲一旁的交通警察已經朝我走過來。

眞的是半個小時嗎？我在車上枯等時，膀胱有種快要爆開的不適感。已經過了二十分鐘，我大可再等一下，待會開往高速公路的途中，就有加油站可以如廁。我不安地掙扎著，每隔幾分鐘就注意手機的動靜。我怕小魚「露露臉」下來後會找不到我，同時也想知道，這泡尿到底還要憋多久。

然而這畢竟是世上最難忍耐的一種急迫，當我爲自己竟能憋住一個小時而沾沾自喜時，也決定跟公權力賭上一把，就這樣下車離去。我跑進公園裡去找廁所，很好的天氣，很藍的天，是個在台南逛古蹟的好日子。不過我一點閒情逸致也沒有，急急忙忙地上完廁所，又快步走回車上，點了根菸，繼續發呆。直到她後來終於打電話給我爲止，算算時間，居然已經過了兩個小時。

回麻豆的一路上很安靜，我關了音樂，再沒有任何一首歌可以呼應我此刻的心情，我也寧願就這麼無聲地沉默著。途中，小魚問我在哪裡等，我搖頭，輕描淡寫地告訴她，其實就在百貨公司後面的公園。沒告訴她到處找不到車位的困擾，沒提到憋尿憋得很痛苦的膀胱，當然也沒有提醒她，這兩個小時已經足足是她所謂「露露臉」的四倍時間。即將抵達麻豆，我叫醒玩得太累已經睡著的小魚，有種非常想哭的衝動。

後來，我們在麻豆鎮上的海鮮餐廳用餐，小魚的母親跟哥哥一起出席，幾個人圍坐一桌，好不熱鬧。吃飯時她媽媽有些疲態，一問才知道最近腸胃稍有不適，我從隨身攜帶的包包裡拿出一盒膠囊來，送到她面前，說：「阿姨，光吃止瀉藥沒用的，這個除了止瀉，還有很好的殺菌效果，肚子裡的細菌殺光，腸胃自然就不會痛了。」我說著，順手端了杯水給她，「前陣子我腸胃炎很嚴重，所以現在隨身都帶著藥，您試試看，還挺不錯的。」

那天，很晚的時候，我們才終於回到高雄。兩隻貓餓得很了，一見我進家門就蹲在飼料盆邊喵喵叫。我給了飼料，換過清水，一改平常回家後就開機上線收信的習慣，直接拎起衣服進浴室，洗了半小時，才慢慢晃出來，然後倒頭就睡。

我用棉被把自己整個蒙住，因爲不想讓小魚看見我的臉。看見也沒用，她不是個會處理對方情緒的人，遇到我不高興時，她只會跟我一樣愀著臉，甚至我都發飆起來摔東西了，她也可以無動於衷，忍著不說話。她當然感受得到我渾身上下所散發出來的低氣壓，卻仍然能夠完全事不關己似地。我洗完澡時，聽見她敲打鍵盤的聲音，至於她到底是跟誰在線上聊天，或者只是正打著自己的心情筆記，我已經不想猜測了。

今天，我覺得自己眞是成功得不得了，同時也失敗得很徹底。可惜的是，最後我終於沒能安心睡著。剛過凌晨一點，我的手機忽然響起，廖親親的一通電話把我叫了出來。他臉色很凝重，因爲今天晚上，豬豬出了點狀況。豬豬最近養了一隻柴犬，加入一個什麼柴犬之友的團體，認識了一些新朋友，今天晚上就是跟這些朋友出去玩，然後騙廖親親說她跟姊姊出去。事情就那麼要命地湊巧，今晚她姊姊上線，在MSN上遇見廖親親。

「結果呢？」啤酒送上來，一口都還沒喝，我先聽完故事，然後問廖親親。

「不知道。」他搖頭，問我，「你臉色也很難看，怎麼了？」

如果我們都活在那些網路故事或言情小說裡就好了。如此一來，我們就可以在這種窩囊的時候，打電話給一直陪伴在身邊的紅粉知己，一吐只屬於男人的、無法輕易喧之以口的鬱悶心情。不過很遺憾，這世界實在太現實了，廖親親悶了整晚，最後只能找我；而裹在棉被裡始終難以入睡的我，也只能換上衣服，陪著他在酒館裡。舉起酒杯，一口乾完啤酒。

我問：「你知道我現在在想什麼嗎？」

「想什麼？」

「如果，我因爲女朋友經常對我置之不理而跟她分手的話，這理由會不會聽起來，比你因爲女朋友愛狗比愛人多而分手更可笑。」我試著讓自己把這幾句話說得很幽默，但我卻完全沒有心情笑。

如果妳常常看不見這個人的存在，那就別再說妳愛他。愛情真的不是這樣子的。

17

話說得很輕鬆，我心情其實很沉重。從台南回來的幾天之後，終於忍不住了，我才跟小魚簡單地提了一下，關於那天的感覺。

「現在知道，爲什麼我不想跟妳一起進去參加那個同學會了吧？因爲我不想成爲妳的負擔。事實證明我太高估了我自己，也太低估了妳。」畫不出像樣的稿子，晚上，就在陽台邊，看著分辨不出表情是無辜還是鬱悶的小魚。我不想吵架，也不想說太多，只下了一個結論，「我高估自己對於被冷落的承受度，也低估了妳冷落我的能力。」

說完，我獨自出門。

其實我很清楚，無論是之前的事，或是這次同學會，那些忽略都是無意的。我們之間最大的問題，在於她始終沒有把我看成她生命的一部分。這些衝突，只是從這個落差當中，慢慢衍生出來的枝節而已。

但已經過了大半年了不是？難道這半年來，我們如此平淡而融合的生活，起不了什麼作用嗎？我坐在西子灣看夕陽，一個人呆愣愣地想著。自從退伍後，我總覺得人生就應該朝著穩定的方向走，能這樣平淡簡單不也是一種幸福？多少人窮其一生都在爲了生活而苦，我們何其有幸，可以過著寬裕的生活。在這時候，難道要爲了這些無形的問題而疏遠？我懷疑自己是否還有能力去承受。如果再一次，再一次發生這樣的事，我該怎麼辦？其實我一點都不介意當個成功女人背後的男人，只要她記得背後有我。

週五傍晚，小魚像已經忘了上星期在台南發生的事，下班回來，臉上是非常開心的表情，告訴我辭呈已經遞出，而且核准了，現在就等著二月底生效，然後三月出國旅行，她再考個汽車駕照，四月初只要找到工作，一切就都在計畫中。眞的在計畫中嗎？看著她的臉，我忍不住狐疑。其實人生沒有什麼是眞的都在計畫中的，我搖頭，就像她沒有猜想到的那些，而那些可能足以影響我們的愛情。或者說，其實已經影響很深了。

因爲不想去任何一個有人認識我跟小魚的地方，我選擇在鹽埕跟鼓山區的巷子裡亂轉，隨便找了間酒吧，喝下幾杯難喝的調酒。看看，時間漸漸晚了，雖然是週休二日，但小魚今天上了整天班，不會太晚睡。

我帶著微醺的蹣跚腳步走出店門。晚風涼爽，似乎是要下雨的跡象。開車回家，從我們這棟樓一樓店面旁邊的小樓梯上去，經過昏暗的走廊，打開門，裡面安安靜靜，只有門邊一盞從來不熄的小燈，然後是兩隻貓無聲地晃過去。

小魚出去了。我並不詫異，以前有過一兩次，在我們起了衝突，吵過架後，她有時會乾脆換了衣服，騎著機車出去，看來今晚也是。我嘆一口氣，坐在床緣。有種寂寥的感覺，這裡怎麼好像什麼都走樣了？我坐不住，於是起身，先將床上她凌亂丟著的衣服一一收好，然後才走到電腦桌前，正想把桌上的零散物品稍作整理時，就看見一張她留下的字條。

除了對不起，我不曉得還能對你說什麼。但請相信我，我不是故意冷落你的，在大家一起吃飯時，在唱歌時，沒有你在，其實我也並不開心。晚上我去豬豬家過夜了。

該感動嗎？我承認感動是有的。小魚她不習慣把心裡想的說出口，至少還是用了一張紙條寫下來讓我知道。只是，那些話，我眞的很想聽她親口對我說。

打開電腦，等待開機畫面的時間，幽暗的房間裡，只有螢幕上的藍色光線映得我睜不開眼。我搓揉臉頰，有點醉意，也有點倦意。其實一點畫圖的心情也沒有，或許乾脆上網去收收信，到處瀏覽一下網頁也好。一邊等，我又拿起那張紙條，重新讀了兩次。

電腦桌面上多了一個新的資料夾，我好奇地打開，裡頭全都是那天同學會的照片。我在每張照片裡搜尋著小魚的身影，她一如往常的俏麗亮眼，那些合照中，有的是很正經八百的姿勢，有的則刻意做出古怪的表情。而後我看到他們在好樂迪唱歌時的照片，忽然，心裡有種酸味，酸得眼淚幾乎流了下來。

眞的吃得很不開心，唱得很不開心嗎？我看著照片中笑靨動人的小魚，心裡泛起了一個不敢追求答案的問題，久久揮之不去。

我不介意站在妳背後，只要妳記得背後還有我。

不覺得是哪，一百二十公里快的風。吹不走，該吹走的都吹不走。
日移偏西，又弦月。
那年，妳還有一頭長髮的時節。
我們許了個約，後來那約成了生命中最大的缺。

不覺得是哪，一百二十公里快的風。吹不走，該吹走的都吹不走。
睜眼闔眼，依舊在。
那天，圈牢了再不捨棄的雕銀。
我們許了個約，後來那約成了生命中最大的缺。

我再找不著字眼來寫愛太美。
只在妳生日前的這天，在一路向北的旋律中淚流滿臉。

18

春節假期剛過，從旅行社出來，看著手上抄寫班機日期與時刻的資料，我感到不可思議，沒想到居然眞的開始著手準備去日本的旅行了。

以往我畫完稿子，總會跟小魚一起上館子。她是很典型的美食主義者，哪裡有好吃的東西，她都會想找機會去品嚐看看，託她的福，這些日子來我也跟著去過高雄市不少餐廳。但吃飯當然不會只有吃飯而已，總會順便逛個街、看場電影。所以雖然我畫的圖稿不少，收入也還可以，可是大部分都被我們花在吃喝玩樂上。去日本的旅費雖然還夠，不過玩完這一趟，八成得拮据好久。

「都鬧成這樣了，你確定還要一起去日本？」我打電話給大維，沒提到太多跟那場同學會有關的事，面對大維的關心，我只回答說最近爭執比較多。問他有沒有相關的旅遊資訊，他聽到我說要跟小魚同行，忍不住詫異。

「反正一個人去要花那些費用，兩個人去也一樣吧？」機票小魚會自己負擔，其他倒還好，反正日本的飯店沒有所謂單人房，一個人或兩個人其實差別不大。

說好把一些旅遊的資訊寄給我，大維又問了一次，「不好意思又要潑你冷水，我說眞的，打從第一眼看到她開始，我就直覺認爲，她不像是可以跟你共度一生的人，如果你們眞的合不來，那最好再考慮一下。」

「我知道啊。」高雄又是一片艷陽天，我在騎樓下面對馬路點點頭。

「還是，你覺得去一趟日本，就可以讓頑石點頭？」

「不確定，總之事在人爲囉，對吧？」我繼續說：「做到每一件我答應過她的事，堅持到撐不下去的那一天，不管結果是什麼，至少都還算得上無愧於心，這樣就好了。」

「你確定那些都不是偶發事件嗎？」廖親親有點比手畫腳起來，像在尋找適合的字眼，「雖然我知道這可能性不大，認識小魚很多年了，她的個性我們大概都清楚，也覺得其實你跟她算是合得來……」

「大部分時候都很合得來啊。」我點頭。

「所以問題就出在那一小部分？」

我點頭，「是呀，偏偏那一小部分，是我認爲愛情裡最重要的。」

「那你會跟她分手嗎？」

「不知道。」我口氣非常平靜，其實心裡沉重得要命。

說眞的，有時我挺羡慕廖親親跟豬豬的愛情，歷經風風雨雨，過了好些年，他們才有今天的穩定。雖然誰也不知道他們能穩定多久，好歹現在看起來一切都還稱得上是風平浪靜。兩個人難免有些衝突和性格差異，但至少這一年裡，也沒聽他們出過什麼大亂子。

大概誰也想不到吧，我跟廖親親會變成很有話聊的兩個男人。他不覺得我是過時的不年輕人，我也沒嫌棄他是四肢發達的年輕小毛頭。趁著下午，跟他去吃了正忠排骨飯，拿了幾部電影ＤＶＤ給他，然後我開車回大寮老家。

回來找護照，還得小心翼翼的。雖然已經過了會被老媽叨叨碎唸的年紀，不過要聽一個老太婆絮絮聒聒嘮叨幾十分鐘，還是讓人很不舒服，動不動就問我現在一年賺多少錢，有沒有結婚的打算。這是我很少回家的最大原因，當然也因爲這樣，小魚更沒什麼機會見到我媽，僅有那麼一次，我帶她回大寮，才住一晚就又回高雄市了。

老媽睡得沉，我在自己房間裡翻箱倒櫃也沒吵醒她。這房間很久沒人住了，到處都是灰塵。我把護照收進隨身的包包裡，打開我高職的畢業紀念冊，照片裡的人比現在清秀很多。我一頁頁翻著，心裡不斷回想當年。

其實我以前也算是個很有個性的人，我這樣想。看看夾在紀念冊裡的那些成績單跟記過單，我還挺自豪的。那是個可以恣意揮灑自己的春青年代，不願意被任何體制所收編，也不想屈服於任何一條自己所不能苟同的規矩，非得要撞得滿頭是血，才叫抗爭。那年代啊，原來離現在已經很久遠了。從什麼時候開始的呢？坐在地板，紀念冊攤開在我大腿上，窗外是寂靜的夜空。我的視線焦點渙散，思緒裡滿滿都是當年曾經青澀的自己。那個從不顧慮後果的年代已經遠離，當現實壓力不斷潮湧而來，令人喘不過氣時，人似乎也就慢慢被時間推著，走入下一個人生階段，開始在不知不覺間學會妥協了。

而今的我，在廖親親眼裡，就如同他今天下午一邊啃排骨時，一邊問我的，「你不覺得把自己的原則跟堅持都收起來，會變成一個很沒個性的人嗎？」

「一個人過了三十歲後，就不需要再那麼有個性了。」我說：「有時候要懂得調整自己，才能面對外面的世界跟感情的對象呀。」

「這算妥協嗎？」

那時我沒回答。此刻，獨坐在老家的窗邊，翻看著自己的歷史。我知道，這種妥協是有限度的，當有一天，承受的委屈無奈達到飽和時，它就會爆發出來，然後毀滅自己當初委屈求全，只爲了周全的一切。我把紀念冊闔上，嘆氣，深怕那一天會忽然到來，讓我們都措手不及。

當我踏進機場的那一刻，我仍然沒有任何懷疑。我告訴自己，這樣做是對的，是值得的，不管未來會是什麼樣子，我們都應該珍惜並把握當下。

亞細亞航空的飛機座位不大，所幸航程也不算久。到成田機場時，接到編輯打來一通電話，問我什麼時間可以交稿。我說：「等我弄懂地鐵路線，離開成田機場這個鬼地方，進東京市區找到飯店後，我會認眞思考這個問題。」

「你還有稿子沒交嗎？」

我點頭，手邊確實還有幾張圖。也不算太趕，所以沒約定交稿日期。才說著，手機又響，這次是哇沙米打來的。我出國前已經跟班主任請過假，繪圖班那邊理論上應該不會有其他狀況才對。接起電話，她先問了些關於繪圖工作上的問題，然後交代：「對了，班主任說他去過日本，知道那裡連便利商店都買得到色情書刊，所以叫你回來時記得幫他帶幾本。」

「媽的……」我說。

電車上的乘客們投過來的都是異樣眼光。這兩個一臉疲憊又茫然的台灣人，怎麼看都顯得格格不入。爲了買張地鐵車票，我們費了好大工夫，小魚去纏著車站管理員，我專挑年輕的女學生下手詢問，好不容易才坐對了車。

「我很想看看東京的天空是什麼樣子。到日本已經超過三個小時了，我們居然一直在地底下打轉。」小魚說。

我也很期待。不過，好不容易抵達目的地的車站，終於接觸到外面的世界時，東京竟然下著大雨。各自拖著行李箱的我們，極其狼狽地到處閃躲，最後連夜空的顏色都沒仔細看清楚，花了一大筆銀子，攔下一輛計程車，才跑五百公尺，就到我們訂的飯店了。

「媽的，好貴。」下車時，小魚埋怨著。

「妳不覺得很像嗎？」我忽然笑了起來，「多像妳第一次去我家的那個晚上，高雄也在下大雨。」

不知怎地，在異國的環境中，很容易想起台灣的一切。第一天晚上，洗過澡後，我從飯店頂樓陽台，對著靜謐空蕩的東京街道連拍了好多張照片，然後下樓，我和小魚手牽著手，在被雨水洗淨的路上走著。

「這世界上好像只剩下我認識妳，跟妳認識我。」我想著，忍不住笑了出來，這麼對小魚說。

「是啊。」她甜甜笑著，依偎在我身邊。小魚穿著和式浴衣跟拖鞋，跟著我漫步在東京街頭。這種場景只在日劇裡看過，沒想到眞有這麼一天可以親身體驗。我們並不急著回飯店，在附近繞了一圈，然後才晃進便利商店裡。

果然在便利商店就買到班主任要的色情書刊。出外旅行已經不計其數，這是我頭一次替人家買這種紀念品。

翌日清晨，東京已是艷陽高照的好天氣。出門遊蕩前，我用飯店的電腦，寄了一封英文信回台灣給哇沙米，可恨的是這裡沒有中文輸入法，我很懷疑哇仔到底能不能看懂我信裡寫的話。

短短十二天，不到想家的思鄉程度，可是身處這樣一個只有兩個人相依爲命，互相照顧的環境裡，也才能特別感受彼此的存在與重要性。這是一趟沒有任何規畫的行程，手邊唯一有的，是一本從我妹那兒借來的東京旅遊雜誌，跟大維給的，一張破破爛爛的地鐵站路線圖。就憑著這些，我們走遍了大半個東京，甚至還搭著新幹線一路跑到大阪去。

「我們的合照好少。」行李箱塞滿戰利品，經費也告罄。我們跑完了足足十二天的行程，在最後一站的大阪機場，看著相機裡的照片，小魚說。

我坐在一旁，腰痠背痛地掙扎著說：「因爲妳太愛搶鏡頭了啊。」

「放屁，我哪有？」小魚賴皮地扮了個鬼臉，靠到我身邊來，把相機拿遠，就這樣自拍了一張。

十二天來，非常規律地早睡早起，加上大量的步行，使得我現在非常疲憊。這將近半個月的時間裡，除了睡覺跟搭地鐵，我們有大半以上的時間都在走路，其餘時間，幾乎都在購物跟飲食。這裡有太多吸引小魚目光的衣服和食物，我也十分樂意陪她吃，順便爲她物色到的商品付帳，反正這種機會不多，錢花完再賺就有了，我只想看她開心。不過我對自己可就不一樣了，每個看中意的東西都被我嫌太貴，到頭來我居然沒買什麼紀念品給自己。原本在新宿，看上一個以電影《聖誕夜驚魂》的主角傑克爲造型的娃娃，沒想到算一算，折合台幣竟然將近三千元，我當場恭敬地把它放下。

三月，還不到東京櫻花紛飛的季節，但已經隨處可見櫻花樹上含苞待放。一些大公園裡難得有幾株盛開的櫻花樹，那是小魚的最愛。旅途中，我們有一次在巷弄間閒走，還走進一間台灣人開設的民宿裡，老闆非常親切。要了旅店的名片，我們說好以後倘若還有機會故地重遊，一定要去他那裡投宿。

正陪她看著那些我拍的照片。我對拍照很有興趣，不過只喜歡當拿相機的那個人。掌控相機的好處很多，既可以拍下自己喜歡的景色，對工作也很有幫助。將近一年來，我拍了各種角度的小魚，有很多畫不出來的圖，到後來用的都是她在拍照時所擺出的姿勢。就連這次也一樣，在大阪城外照相留念時，我都要花上好半天工夫，拍一張也許不曉得哪一天可以變成小說封面的照片。

「唱歌給我聽。」小魚突然說。

「你說下輩子如果我還記得你，我們死也要在一起，像是陷入催眠的指令，我也開始昏迷不醒，好吧下輩子如果我還記得你，你的誓言可別忘記，不過一張明信片而已，我已隨它走入下個輪迴裡……」我哼著。

「還是這一首啊？」

「不是妳最愛的歌嗎？」

「總要唱點適合這場景的啊。」

「眞是令人遺憾，」我說：「雖然我們在日本，可是我不會唱櫻桃小丸子的主題曲。」

小魚大笑了出來，她喜歡這首歌的旋律，說是聽來令人感到平靜，但我不這麼認爲，那歌詞美則美矣，只是未免令人感傷，尤其在這當下。雖然我們就置身在一個夢想已久的世界中，攜手完成了將近半個月的異國旅程。但不知怎地，當我又哼起這首歌時，心裡卻不自覺蒙上一股不祥的陰影。對比起來日本前發生的那些事，我總覺得那歌詞有種諷刺的味道，後來根本就唱不下去了。低頭看著還陶醉其中的小魚，我非常不忍，然而這當下，卻什麼也說不出口。

「好像作夢一樣。」她半躺在我身上，看著嶄新的機場建築，幽幽地說：「我們眞的來了日本，而且就這樣過了將近半個月。」

「實現了夢想。」我點點頭。

「可惜時間短了一點。十二天好快就過了，回台灣之後，這場夢就結束了。那接下來呢？」她問我：「下次還要實現什麼夢想？」

「不知道。」我搖頭，撒了個小謊。夢想其實我還有一個，而且是已經想了好久的。我握著她的手，摸摸她右手無名指上，我們的定情戒。我心裡知道，那個還沒完成的夢想，就是把這枚戒指換掉，換一個可以套一輩子的婚戒。

我最大的夢想，是追求一個最美的平凡。

妳要一起來嗎？

19

拖著兩大箱又兩大袋的行李，踏上台灣的土地時，我還不太敢相信，自己終於又回到這個熟悉的國度。不算太晚，我們晚上九點就到家了。十二天來，那兩隻貓已經把滿滿一鍋飼料吃光，半臉盆的水也幾乎喝完，整個貓砂盆臭得要命。我們來不及整理行李，小魚急忙動手收拾這一屋子被貓咪破壞過後的凌亂，我也拿起小鏟子把貓屎貓尿清理乾淨。等屋內都整理完畢了，這才開始清點我們帶回來，要分送給好多人的禮物。

「好兄弟，我就知道託付給你不會錯！」當班主任把那兩本色情漫畫接過手時，幾乎感動得要掉下眼淚來。我笑著告訴他不用客氣，走出他的辦公室，再把一些小禮物分送給其他人，發現大家都用憋住笑的表情看著我。

我疑惑地問了好幾個人，最後終於有人用手指指辦公室外面的公布欄說：「你去看看就知道了。」

First day in Japan. Now I am in the hotel, just finish my breakfast. Today is sunny day, maybe I can go around. I think my Eng. is better and better, see? I can not believe that I can write a Eng. letter!

There has many hot girls and a books. Japan is a good place, people of this city are kindly, yesterday I lose my way, they help me so much.

Good luck to me everyday, I will miss U.

我看得眼珠子差點沒掉出來，這不是我寫給哇仔的那封英文信嗎？見我傻在公布欄前面，辦公室裡所有人都爆出一陣大笑聲。班主任走出來，拍拍我的肩膀，對我說了一句話，「哇沙米把這封信印出來，貼在公布欄上。你知道嗎，我們集思廣益地猜了好久，才知道原來『a books』指的是色情書刊，而不是文法錯誤。」

我已經不知道要怎麼解釋才好了，他接著又說：「不過沒關係，你爲大家做了一個很好的示範。」

「什麼示範？」

「一個人就算英文爛到只有國中程度，但是只要培養出一技之長，像你一樣有畫圖的專業，在這麼現實的社會裡也不會被淘汰。」他說得煞有其事。

「眞的是這樣嗎？」我現在只想挖個洞把自己埋起來。

「當然！」他終於也忍不住了，大笑著說：「搞不好我會把你這封信，加上我剛剛的那套說法，一起印在新課程的招生廣告上！哈哈哈哈……」

我臉上帶著一種生不如死的表情離開繪圖教室，先撥了電話給哇仔，不過她大概聽到風聲，我連續撥好幾次都沒人接，於是轉而撥給廖親親。我特地幫他找了禮物，想問他什麼時候方便拿。

「你回台灣了？」電話裡，他的聲音聽來很疲憊。

「昨天晚上回來的。」我說有禮物要給他跟豬豬。

「要給我的你現在可以拿過來了，我在五福路跟愛河邊的這個路口，正在考慮要不要往下跳，如果禮物很棒的話，也許我會打消這念頭。至於豬豬的，你叫小魚拿給她就好。」

「怎麼回事？」我聽出來了，這傢伙根本是在講醉話吧？口齒有點纏夾不清，說出來的話也莫名其妙。

「我們分手了。」他苦笑了一聲，「爲了一隻狗。」

把玩著我送的木製不倒翁，他幾近面無表情地問我，一般不倒翁都是鮮紅色的，怎麼這個是粉紅色。

「我覺得你不要問比較好。」我是真心地這樣認爲，不過卻還是殘忍地把答案告訴他，「那是保佑你愛情順利的。」

「幹。」第一次，我聽到家世優良的廖親親罵髒話。

豬豬參加了那個柴犬之友的聚會，經常跟大家分享飼養柴犬的心得。我對狗不怎麼了解，也不曉得何以養柴犬需要分享這些心得，難道柴犬特別難養？在那些聚會裡，豬豬認識了一個男人，然後愛上他。

「事情就是這麼簡單。」廖親親攤了攤手。

「你沒跟她談談嗎？或者至少試著挽回一點什麼？」

「當然有啊，但豬豬反問我一句話，我當場啞口無言。她說：『要問我今天爲什麼這樣對你之前，怎麼不想想當初你是怎麼對我的？』我還能說什麼？」

於是我也無言了。多年前那一幕我沒能親眼見過，倒聽小魚講了很多次。當時豬豬半夜裡不顧風雨地從宿舍衝到校門口，跟校警伯伯借了兩千元，千里迢迢要去台東把已經變心的男朋友給追回來，豬豬當年是這樣熱切地愛著廖親親。

「所以我認了。」他嘆一口氣，忽而苦笑，拿起酒瓶就往嘴裡灌，他沒擦拭嘴角溢流下的啤酒，喃喃地說了兩個字，「報應。」

爲了這件事，我跟小魚都失落了好些天。原本從日本帶回來好幾瓶清酒，想把這些共同的朋友都找來一起開派對的，現在看來是辦不成了。

回想起在愛河旁，廖親親寂寥的背影。坐在熙來攘往的街邊，我獨自點了根菸，有一種很無常的感慨。第一次跟他們認識，是在去綠島的時候。從那時開始，我的潛意識裡就已經認定，這兩個人是最適合，也最應該在一起的一對，天底下似乎再沒什麼能夠拆散他們的難關。誰會料到道最後結果是這樣子？慢慢地踱回家，心裡被鬱悶填塞得很滿。

那天把不倒翁拿去送給廖親親後，我又晃了一大圈，回家時發現小魚已經睡了，等不到我跟她說八卦。坐在房裡，電腦桌就在窗邊，我還聽得到外頭傳來車輛疾駛的聲音。打開電腦，卻發現一點畫圖的感覺都沒有。是不是再怎麼相愛的兩個人，末了必定會走到這一步？畫了這麼多小說封面，那些故事裡有多少個完美結局？人總在失去時才會感到珍惜嗎？爲什麼不在還擁有時就加緊把握呢？廖親親的事給了我很大衝擊，再回頭看看已經睡著的小魚，我不禁嘆氣。

在知道豬豬甩了廖親親的事之後，我很想找個機會跟小魚聊聊。因爲從大阪機場就開始蔓生的不祥預感，始終揮之不去。我總覺得，如果他們付出了許多年的情感都可以在一瞬間消散斷絕，那我跟小魚這樣的愛情怎麼辦？

然而這種想聊聊的念頭終究沒有實現。日本旅行結束後，小魚很快找到新工作，我一天能夠跟她說上話的時間，只剩她瘋狂加班到晚上十點後，那一天裡剩餘的兩小時。

「還好吧？」通常我第一句話都這麼開口。

「累死了，我的媽呀。」她會這樣回答。

「趕快洗澡休息。」我會說這第二句。

然後她會再回答，「我知道。」

我不想在她一身疲勞時，還拿這些小兒小女的話題來煩。好不容易捱到週五晚上，小魚提早了一點下班。我把房間整理過，擦了地板也清理完貓盆，然後提著一整籃的床單、被套，到附近的自助式洗衣店去。走在文化中心附近充滿人文氣息的巷道中，我一邊感嘆著自己生活的平淡無味，一邊又對兩個人的愛情遠景憂心忡忡。正想著快步回家，等小魚回來，一起到小酒館喝一杯，好好聊一下。哪知道我一打開房門，說了這個打算，正在補妝的她一臉錯愕地看著我，「今天下午豬豬在線上找我，說晚上想一起去跳舞耶！」

「跳舞？」我幾乎不敢相信自己的耳朵，忙碌了大半個月後，難得一個週末我們都有空，她居然說要去跳舞？

小魚點點頭，說：「你也知道嘛，她跟廖親親分手了，有很多話想講又沒人可以講。我想難得有空，今天還是淑女之夜，不用花什麼錢，所以就答應她了。」看著我已經一臉說不出話的呆愣，小魚又補了一句讓我真的差點沒昏倒的話：「大家只是去敘敘舊啊。」

最後我打消所有念頭，打消所有想法，看著她穿著布料很少的衣服，在臉上塗得五顏六色，就這樣出門而去。去一個吵得不能再吵，說句話都得大聲吼的地方「敘舊」。而唯一值得高興的，是她這次記得對我說再見。

愛情的堅定程度與時間無關，跟彼此的心才有關。

20

「所以呢？」當天空慢慢要亮了，故事已經也差不多說到尾聲，大維問我有沒有結論。

「我想或許有吧。」我嘆一口氣，接著說：「只是我需要更多勇氣。」

他點點頭，說：「我知道。」

羅東火車站上空透出了微微的白光，把一片深藍墨色漸漸染淡。我再度開口，「分手跟殺人沒什麼差別，被殺的算你倒楣，殺人的那一個需要很多勇氣跟衝動。」

「是啊。」他附和，「被分手的人要痛一次，分人家的人要痛兩次，因爲另外一次，你的刀是插在自己心口上。」

結束了這一夜的漫談，天亮時，我們買了反方向的車票。大維沿著我來時的路，一一去探訪每一個我去過的地方；而我則循線北上，下一站是基隆附近的三坑。那裡有些什麼，其實我一點都不在意，因爲當我搭上電聯車，慢慢駛出羅東車站時，心裡想的全都是小魚去跳舞之後的第二天，那個週末。

我們到一家豬豬介紹的造型沙龍去整理髮型，很貴，貴得讓我懷疑這價值何在。小魚剪去一頭長髮，整個人變得更加精明幹練，我則染了一頭不太分辨得出顏色的亞麻綠。

弄完頭髮，在櫃檯結帳時，小姐遞了張客戶資料表，說建檔後可以拿貴賓卡，以後再來消費時就能享有折扣。接過筆紙，我才寫下自己的名字，手機忽地響起，是廖親親打來的。

「幫我寫一下吧，我接個電話。」把筆遞給小魚，結果我竟然看見她傻住了。

廖親親找我沒有重要的事，只是被甩後閒得發慌，想問我有沒有空陪他釣蝦。我沒有回答，眼睛看得出神，因爲小魚對著那張客戶資料表躊躇呆滯著，然後從她包包裡掏出自己的手機來，按了好幾下之後，才在那張表上塡進我的電話號碼。

妳連我的手機號碼都記不住嗎？我覺得很匪夷所思，更往前靠近一點，才發現那張表上，我的生日她也寫錯，差了兩天。那一瞬間，我聽不見廖親親在電話彼端的呼喊，整顆心一沉，手機差點落地，耳裡只聽見重重的「砰」一聲，像有什麼東西摔碎了的聲音。

大維說得很直接，他不勸合也不勸離。這些年來，這個人永遠都很不著痕跡，聽了一整晚故事後，卻像個沒事人似的，彷彿我滔滔不絕說出來的這段往事，都只是進耳出耳的閒聊瞎扯。他比我早幾分鐘搭上往南的列車，上車前，只問了一個看似無關緊要的問題：「還記得同學會那天吧？我們說的，愈不想結婚的人，往往都是愈早跌進婚姻墳墓裡的人。」

「所以呢？」

「並不是說你這樣對或錯，只是覺得你應該想得更多一點，而且從更根本的角度去想。」他頓了一下，忽然問：「小魚呢？她知道你現在是什麼想法嗎？」

「兩個人生活在一個屋簷下都一年多了，會沒感覺嗎？」我苦笑，「不過她沒找我談，也沒機會讓我找她談。」

上了車，站在火車門邊，大維說：「婚姻對你而言是什麼？什麼樣的人才是你要的？是或不是都要想清楚，對的人你就好好把握，可能對的人你就把她可能不對的地方調整過來，根本上就不對的人，那麼就毒蠍螫手……」他話還沒說完，車門就關上了。大維被阻隔在另一端，對我攤開雙掌。

當列車悠哉地行駛在北迴鐵路線上，發出單調而平穩的震動聲響時，我一點睡意也沒有。以手支頤，望著窗外黎明時的風景，再沒半點心情去理會那每個小站停靠時，偶爾上下車的乘客。如果眞的有一根壓倒駱駝的稻草，那麼我想我知道那根稻草指的是什麼了。就因爲這樣，所以我才決定撥電話給大維，然後背著行李，帶著如此破碎的心情與靈魂出門來。

漫長的一千兩百公里環島鐵路線，我不是來思考什麼的，我只是來釐清一點思緒，讓自己做一個在一年前怎麼也想不到的決定。

就連最後一滴淚，都要我哭，替妳結束。

是嗎？是吧。

21

還記得一年多前的某一晚，就跟現在一樣下著大雨。我開車到小酒館外頭，發現當天歇業。就那麼巧地，在門口遇見了和我一樣錯愕的小魚。她說那是我們愛情的開始，不過我卻不這麼認爲。其實更早之前，我在KTV外頭吻她時，愛情就已經藏不住了。

這三四百天來，我們當然又不只一次來唱過歌，只是這次，我心裡的感覺特別愁苦與壓抑，不自覺地，點的全都是悲傷的情歌。一邊唱著，我還強顏歡笑。

妳知道我曾經很想跟妳聊聊嗎？不用花多少時間，只要妳願意，靜下來幾分鐘，看看我的眼睛，雖然沒有小說裡的詩意，但我想總能看出一點什麼的，對不對？或者，是否妳也有話想對我說？當我們的愛情向全世界公開的那天，妳是否還記得呢？就在我們那間老公寓，二樓陽台生鏽腐朽又搖搖欲墜的鐵欄杆邊，望著外頭的霓虹，我問妳考不考慮下嫁，妳羞怯地點了點頭，說那不急，等明年七月，交往一年後再訂婚。還記得嗎？還記得嗎？我望向手拿著麥克風，正在唱歌的小魚，心中喃喃。

這一年來的細微變化，妳是否察覺到了呢？當我慢慢地變得意興闌珊，無力繼續維繫這段愛情時，妳可曾看到我的掙扎呢？就這樣凝視著專注唱歌的小魚，我知道妳是感受得到的，對於這種種，土木偶人都不能無動於衷，更何況聰明如妳？只是爲什麼妳從不問我？除了那些生活上的小細節，難道我們沒有更嚴肅而深層的談話空間與必要？那造成了現在橫亙於我們之間的冷空氣啊！這些話我問不出口，又或許，其實我已經沒力氣問了。

下個週末是小魚生日，剛好遇到母親節，到時她非回家不可。爲此，我們提早幾天來唱歌慶祝。然而這場合裡卻一點慶生的喜氣也沒有，除了我渾身上下透露出來的冷，還因爲剛剛進包廂前她才接到的一通電話。小魚的大哥跟她母親吵了起來，聽說鬧得有些嚴重，起因大抵上也是經濟問題。特地選在星期五來提前慶生，結果我們也不能唱太晚，因爲一覺醒來後，她還得趕回台南去處理這些糾紛。

「到底有什麼好吵的呢？」我還是有點擔心，她回台南萬一不能解決問題，反而還把事鬧僵的話，那可就更不妙了。

「我哥那種人，脾氣一來就跟小孩子一樣。」包廂裡有音樂聲迴蕩，小魚點了根薄荷菸，說：「他前妻刷爆了卡，讓我家平白無故扛了上百萬的債。離婚後，現在這個女朋友也幫不上家裡生計。他們兩個人啊，花的永遠比賺的多。我媽離婚後，就不再相信什麼愛不愛情了，她現在看錢看得比什麼都還重，偏偏我哥又在這最關鍵的問題上跟她吵。」

我點點頭，不便多所置喙，這些家庭的問題，剛交往時我就已經知道得差不多了。也正因爲僅有的兩個家人都經歷過不幸福的婚姻，小魚才對結婚特別恐懼，甚至多年前就曾向她母親宣誓，說此生要靠一己之力過日子，絕不踏入婚姻。交往後的這一年來，每當我們談起結婚，她也總把家人搬出來，說這件事她還沒想到該怎麼跟她母親提。

會有身爲母親的人，反對自己兒女的婚姻嗎？儘管從不曾爲人父，但我這樣想著：倘若哪個男人能給我女兒幸福，在精神與物質上同樣受到滿足與照顧，那我有什麼理由反對？

一邊開車，我一邊想著。究竟是小魚把問題想得太複雜了，還是我的思維方式太單純？車速很快，眼看著台南已經不遠時，我不禁苦笑了一下。歷經了一趟沉澱自己的旅程，把所有故事都複習了一遍，也終於下定了決心後，現在想這些，還有什麼意義呢？

我不把車讓給小魚開，因爲她的駕駛技術，並沒有在拿到駕照後就瞬間變好，甚至還開得比以前更快更猛。我手握方向盤，看看雖沒睡著，卻一路上不發一語的她，心中感慨萬分。這一年來，我們一起到過她家幾次，從來沒有像今天這樣氣氛凝重的。車子轉下麻豆交流道，我已經很熟悉路線，一路開到她家那條巷口。

「妳家的情形應該也不方便讓我進去坐。」我對小魚說：「替我向妳媽問好。」

她點頭，我們沒說再見，用一句「路上小心」來道別。艷陽天裡，我靜靜坐在車上，看她背著包包走進巷弄中的背影，忽然有種睜不開眼來的眩目感，那是最初我戀上這女孩的原因，而最後一次我感受到這種難以承受的光芒時，竟然是我最不堪再支撐的時候。

我直接離開，一點都沒有逗留。在高速公路上，腦海裡泛過好多好多曾經。那經常堆積過滿的洗衣籃，放了很多天後，禁不住她撒嬌賴皮，最後還是我動手去洗了她的內衣褲。衣服洗淨後，空下來的洗衣籃就變成籃框，我們常把貓抓起來當籃球，就這樣一丟一接地玩投籃遊戲。我也想到，那一床水藍色的床單、被套，是她親自挑選的顏色。不喜歡整理床舖的我，連被套都不會裝，當她站在床上抖棉被時，我總愛趁著棉被抖開的瞬間，就往被子裡鑽，讓一床好大的棉被罩在身上，她總會說我像個孩子。甚至我還記得，當她大包小包搬來時，著實看不慣那斑駁的四面牆，趁著休假日，我們買了油漆，把房間重新粉刷了一次。好強的她還堅持要站在墊高的桌子上，伸長了手去塗擦天花板，結果差點摔下來。

一切都好像很遠，但卻又原來這麼近。踩著油門，一路飆向高雄，車上音響反覆播放的全都是周杰倫的〈一路向北〉。這首歌其實不怎麼特別，平時也不怎麼引起我共鳴，沒想到就在這沒仔細傾聽的時刻，竟然有種被打動的感覺。於是我這才放慢了速度，把車停在路肩，拿出手機，傳了一封簡訊。

夕陽正西沉，遠遠的南方似乎有很厚的雲層，高雄莫非還下著雨？我的視線茫然，心裡一片空，空得可以把所有往事全都塞進去似的。車上只有CD裡播放出來的吉他旋律迴繞，一陣陣敲打著我的腦袋。看著那封簡訊，看了好久好久，到了這最後一刻，我心裡仍懸著一點猶豫與不捨。真的要這麼做嗎？只需要手指輕輕一按，如此簡單的動作，花費不到一秒鐘的時間，就可以徹底摧毀這一年多來苦心經營與持續付出的生活與愛情。真的要這麼做嗎？真的要這麼做嗎？我不斷地問著自己。我當然可以將這封簡訊取消，重新再試著溝通，再試著讓小魚明白我的心意。

但這樣想的同時，那些漫長的回憶又籠上心頭，每一次我都這麼安慰自己，然而每一次安慰自己後，只是摔得更重也更痛而已。我用力抓著自己的頭髮，聽見自己吞嚥口水的聲音，感受心裡那份無比的沉重與沉痛。我眞的累了，眞的無力再繼續了，所有故事都從眼前飄過，我知道，即使再怎麼不願意，但眞的，今天已經是氣空力盡後的最後一天了。我屏住呼吸，最後，用幾乎無力的手指按下發送鍵，才又踩下油門起步向前，下一刻，潰決的淚水滴落，無止無盡地滴落。

妳是否察覺到我的無力感？歷經那麼多挫折後，我再也無力去負擔這份愛。累了，倦了，只好放棄了。不知道如何向妳開口，所以很抱歉用簡訊先說一聲。我想，或許是分手的時候了。回來再談，只是想先把這些想法告訴妳，對不起。

這是我第一次為妳哭，也是最後一次。

22

我踩著單車，沿築地市場旁的大馬路前進。清晨的風很涼爽，爬上緩坡，在橫亙隅田川的勝鬨橋上停留時還覺得微冷。我拿起相機拍照。這地方曾經來過一次，同一個地點也拍過照片，不同的是，上回照片裡還有人影，這次只剩下空景。

停下單車，我靠在欄杆邊抽菸。東京清晨的天空灰濛濛，我喬裝著自己並無心事，但是很難。橋上汽車道很空，人行道與單車道偶有行跡，幾個老太太騎車過去，菜籃上滿滿的都是海鮮漁貨，她們的神情說不上是快樂或悲傷，大抵上這就是一天的開始。買了漁貨回家後，她們會開始思考吧，這魚該怎麼料理才好？家人圍坐桌前享用時，會不會有誰不愛吃呢？要滿足一家人的口味應該不容易，不過，完成時卻也必定是極有滿足感與成就感的事。

我嘆氣，一起過著穩定生活的家人哪，我也很想要有。結果汲汲營營了一年後，我居然丟下工作，一個人跑到這陌生的國度來騎腳踏車。

「企鵝老師，你睡醒了沒？」電話忽然響起，我接起來，是哇沙米尖銳的聲音。她大學還沒畢業，圖已經畫得很好。最近爲了情傷而無心於工作的我，把她介紹給幾間出版社，小姑娘居然也得心應手，看樣子很快就能靠這混飯吃了。出國前，我把房子的鑰匙交給她，請她幫忙照料兩隻貓。反正很簡單，兩三天去清理一次貓盆，給點食物跟水就可以。

「哇仔嗎？妳那麼早跑到我家去幹麼？」我看看天空，都還沒全亮呢。

「我半夜跟同學去唱歌，到天亮才結束，順便過來看看。」她說：「你的床單被貓抓破了。」

「沒關係，把它們丟了就好。」我說得很無所謂。

「還有，你桌上一堆文件都被貓吃掉了，我很確定是貓吃的，上面有齒痕。」

「沒關係，把它們丟了就好。」我重複。

「而且兩隻貓都很臭，其中一隻的屁股上還粘著大便。」

「沒關係，把牠們也順便丟了吧。」我已經懶得回答了。如果愛情像一棟房子，當房樑垮了之後，我們還管那些瓦片做什麼？

清冷的風吹得人有點寒意，我仍然沒有要回去的打算。單車繼續往北，我特別偏好鑽進一些安靜的巷弄中，這裡的一切都很清幽，街道也很乾淨。我發現到的，是一旦將自己投入另一個完全陌生的世界時，原來我們才有機會好好面對那最深處的自己。

分手的簡訊傳出後，小魚過了半晌才回覆，她果然並不是沒有察覺到我對這段感情的無力，也明白我的感受。只是長期以來，她從沒有學著去面對跟爭取，或者說，也沒人告訴過她究竟在愛情裡應該如何付出，所以才在我已經欲振乏力時，還跟著我一起沉淪。

我不想，當然不想，只是我不知道怎麼說。我知道你會跟我提分手，所以隱約也做了心理準備。再不願意也不能怎麼樣，對吧？如果你認為這樣會比較好，那看來就算我說什麼也沒用了吧？

那天我回到高雄後，停妥車子，才又回了一封訊息給她。我告訴她，這一年來，我不是沒有試過，即便是在我幾乎要心灰意冷時，我依然試圖讓她明白我內心的種種感受，只是這些傳遞出去的訊息始終石沉大海。所以訊息裡，我又說了一次抱歉，我是真的累了。

那晚，我失魂落魄地，走進小酒館中，點了一瓶啤酒，才喝不到一半，工讀生忽然用詫異的眼神看向門口。

「怎麼突然回來了？」在酒館門外，我問。

「反正家裡也沒什麼事，我哥已經搬出去了，說不想跟我媽再繼續吵。既然這樣，那我就不用擔心太多，可以先回來了。」小魚說著，一起在門口的小桌邊坐下，相對無言。半晌後，當小魚問我為什麼會突然下這決定時，我說：「其實一切都非常有跡可循，只是妳不曾留意而已。或者說，即使妳留意到了，也選擇袖手旁觀，不是嗎？」

看著我，然後一直硬撐著表情，讓自己看來沒受到影響的她，終於還是流下了眼淚。

隔幾天之後，我才打電話通知廖親親。他沒有太多錯愕，其實我也不認為需要錯愕，他跟豬豬融洽了這麼多年都分手了，我跟小魚分手又有什麼需要訝異的？廖親親聽完了故事，問我什麼時候決定的。

「去日本之前就在想了，不過是到分手前幾天才真正確定的。」

「既然老早就在想了，幹麼還帶她去日本玩？」

「我們還留下一段很美的記憶在日本，不是嗎？」我說：「況且，這是我很久之前就答應過她的。兩個人在一起時的承諾很多，我實現不了那個陪她一輩子的諾言，至少還可以陪她去日本十二天。」

「所以她搬出去了？」兩個無心釣蝦的男人在釣蝦場裡，嘆了一口氣，他問。

我點點頭，說：「反正，小魚上班的地方距離文化中心這邊本來就比較遠，搬得近一點，對她也方便些。」

「你幫她搬的？」

我又點點頭，「搬完東西，連我的機車都順便送給她當代步工具了。」

「下次你要找人分手的話，麻煩跟我說一聲，去日本玩免費，回來還附送一部機車。這種分手禮物我也很想要。」

我跟著嘆氣，連罵髒話的力氣都沒有了。

事沒過，境沒遷，我逃了兩千公里遠，卻逃不出妳存在過的痕跡。

23

既然在一起時沒有轟轟烈烈，當然分手時也無須昭告天下，我們只是很安靜地各自收拾。她帶了一些隨身物品，先搬到公司附近的新住處去。那兒有她幾個大學時代打球認識的朋友，一群女生住在一起，有個照應也好。留下我一個人，在家裡把不屬於自己的東西整理打包好，等著找時間送過去。收拾著公寓裡的一切，我覺得好悲傷。曾經，這些東西陸陸續續地被她挪了進來，就像認識之後，小魚一點一滴住進了我心裡。我還笑過她，說這簡直就像癌細胞蔓延。曾幾何時，這些已經成了過眼雲煙，當我把她收在我衣櫃裡的衣褲都裝箱時，有種心如刀割的痛楚，沒想到最後是這種結局，是我親手將這些回憶一點一點地剜下來。收拾過程中，我幾度停了下來，坐在雜亂的地板上抽菸。每舉目四顧一次，我就嘆息一次。

搬了好幾天才搬完。原以爲就此便一了百了的，沒想到最後一天，我在她新住處剛把東西都卸下，正想上車離開時，她恰好下班回來，就在公寓外頭碰見。

起先我們還有一點尷尬，寒暄了幾句，直到提起牆壁上應該怎麼釘掛鉤才釘得牢的這種瑣碎話題時，才稍減了疏遠感。於是我跟著小魚上樓，幫她在客廳兩邊牆壁上各釘了一個鉤子。掛上布幔作爲隔間，隔出一個不算隱密的小居室，那就是小魚搬來後的臨時房間，非常克難。

「爲什麼不另外找地方住？」做好小隔間，我們搭電梯下樓，在愛河邊閒走。

「能省則省嘛，而且大家住在一起還挺熱鬧的，假日要打球也方便，不用再打電話到處約人，直接敲敲房門就可以啦。」說著，她笑起來，是以前的那種俏麗，但臉上多了一點心酸和無奈。那表情我不敢多看，急忙把頭撇開。我知道她也並不好過，雖然每天都忙著上班加班，但工作總有做完的時候，當她在那個布幔隔起的小空間裡獨處時，對比起過去我們溫暖舒適的雙人床，我可以想見那種心境。很同情，又不能太同情。因爲同情了她，那誰來同情我？

「兩隻貓還好吧？」走著，她問。

「都一樣。」我聳肩，對小魚說：「之後我大概也會搬家吧，現在那地方，一個人住起來太大了。」

「我搬去之前，你不也一個人住得很開心嗎？那時候怎麼不嫌它大？」

我苦笑，只能搖搖頭。感覺畢竟不一樣吧。在河堤邊坐下，夕陽緩緩西沉，有微微的風，不過還是很熱。

「我們不能再試試看嗎？」隔了許久，她終於輕聲啓口。

我沉默著，不知道該怎麼回答。確實，我們缺少了一點關於分手的交代。究竟是怎樣的起承轉合，讓我在最後下了如此的一個決定，這一點似乎始終欠缺一個明白的說法。然而眞的要說時，我應該怎麼啓口？過了好久，當最後一點橘色夕照也慢慢漸深漸暗，我熄了手上的菸，這才開口：「還能怎麼試呢？」

「你可以告訴我，我會努力看看。」一向不擅表達的她，期期艾艾地說：「我知道，這一年來，有很多時候我的表現都讓你不開心，以後我會改的，好嗎？」

「有什麼好改的呢？妳就是妳，不是嗎？」我苦笑，搖了搖頭。

「我知道你不喜歡我去跳舞，那我就不去；你不喜歡在跟我朋友出去時被忽略，我也會改，如果你還是覺得很想快點結婚的話，那我們……」

「算了吧。」聽她有點急促的語氣，我先是凝視著，終而還是出聲打斷。我突然覺得很悲哀，「這些其實都不是最重要的，妳懂嗎？」

路燈不知道什麼時候亮起的，她臉上有種我從沒見過的慌張與茫然的無助。這次我選擇直視她，不再逃避，「這些不過都只是細微末節而已，懂嗎？最根本的問題其實不是這些表面的舉動。」我聽見自己聲音裡的悲傷，試著盡量完整表達心裡的感受，「親愛的，妳知道嗎？這一年來我的每次情緒，或許在妳眼裡都很不可思議，那是因爲妳早就已經習慣了一個人生活，只爲妳自己一個人的未來打算，所以妳按照自己的習慣和方式在過日子，忽略了跟妳生活在一起的，其實是另一個也有情緒跟感覺的人。」

「我不懂……」她皺著眉，眼角已經有淚水打轉。

「不喜歡妳去跳舞，是因爲我不放心妳的安危，這是我反對妳穿得很辣到那種地方去的原因，懂嗎？」我試圖解釋得更清楚一點，「因爲我不在妳身邊，假使發生了什麼事，那誰能幫得了妳？或者妳可以告訴我，爲什麼去那樣的地方時，非得跟別的女生比較誰穿得少？難道穿太多會影響妳跳舞？或者會讓妳沒面子？在大家爭奇鬥艷時，覺得自己比不上別人？」

她默然，我們很久以前就曾經爲這爭辯過，已經不記得是什麼時候，但小魚確實告訴過我，在那樣的氣氛與環境下，同場跳舞的女生，有一些的確會因爲服裝能否吸引旁人的目光而深深在意。

我嘆一口氣，「妳覺得舞廳裡那些人的眼光和看法，跟妳男朋友的感受，哪一個重要？如果只是要跟朋友敘舊聊天，那什麼地方不能選，非得選擇一個音樂聲震耳欲聾的場合？如果只是爲了運動流汗，我們就住在有大廣場的文化中心旁邊，那裡難道不更適合嗎？」我的語氣也急了起來，甚至已經感覺到自己正在動氣。

「所以我說我以後可以不去……」她激動地說。

「眞的能不去嗎？」我問：「如果豬豬或其他人約妳，妳要怎麼推辭？難道跟他們說，因爲男朋友反對，所以不方便去？」我緩緩地搖頭，「那只是又一次把我推上火線罷了，我拒絕當這種代罪羔羊。」

小魚低下頭，有眼淚落了下來。我伸手幫她擦去淚水，稍稍放慢了口氣，也放緩了情緒，「跳不跳舞只是一點小事，眞的。我們的問題，在於妳經常忘了我的存在，所有的爭執，幾乎都從這原因而來。」

「我沒有不在乎你……」她啜泣著。

「那妳可不可以告訴我，我的生日是什麼時候，我的電話號碼是幾號？」我很輕柔地問。小魚愣了一下，這次她總算說對了我的生日，但十個數字的手機號碼，想了很久之後，她終於還是沒能說出來。

「對不起……我會背起來的，只要你多給我一點時間……」她哭著說：「我眞的受不了這種日子，我沒辦法離開先前的生活，我不知道該怎麼跟那些朋友住在一起……才幾天而已，我已經受不了了……就算我求你好不好？」說到這裡，她已經泣不成聲。

我慢慢地把背靠在河堤邊，呼出了長長的一口氣。我很想給她一個緊緊的擁抱，擦去她臉上的淚水。這樣的悲傷，是一年前的我絕對無法視而不見的。然而，此刻我只想到豬豬對廖親親說的那些，於是淡漠地搖頭，聽見自己嘴裡說出拒人於千里之外的冷酷話語，「才幾天而已，妳就哭著告訴我說受不了，那何不想想，這一年來，當我受不了時，我該找誰哭去？」

「對不起……」

「這句話讓我來說。很抱歉，我愛妳，就因爲我太愛妳，所以現在我更害怕，不想讓自己再有任何可能，繼續承受那些被枕邊人漠視的不堪。對不起。」我說，心裡很痛，很痛，像千萬把利刃戳刺著的那種椎心之痛。

愛得愈深時，傷得也才愈重。

24

我不是沒有嘗試著要設身處地爲小魚想，站在她的立場，來看待這段變質了的愛情。她的家庭背景或許令人同情，可是這年頭，又有幾個人來自溫馨美滿的家庭？誰的故事裡沒有一點悲歡離合？我的護照上蓋了超過十個國家的出入境章，但我媽大概連我曾經搭過飛機都不曉得。理由無他，就只是因爲視財如命的我娘，如果知道我戶頭裡存款連十萬塊錢都不到，卻喜歡一天到晚往外跑，肯定會到處打電話，騷擾我住在高雄縣市的所有親戚，到處哭窮，要他們來監視我，或者乾脆替她把兒子綁回家。而這種事不是沒有眞實發生過。所以我父母分居得早，站在某個角度來看，我也覺得自己像單親家庭的小孩，甚至更糟。

不過我一點都不覺得需要爲此賠上自己的幸福。反而是在那樣的成長背景下，我更希望擁有屬於兩個人的溫馨生活，我相信那會是一種成就感，更是一種無可取代的圓滿，而不是像小魚那樣，受到家庭裡的負面影響，更加渴求被疼惜關愛的同時，另一方面又爲了自保而獨善其身，還進一步拒絕構想未來的藍圖。

「才一年而已，金牛座的女生沒有那麼容易改變，你要多給她一點時間吧？這麼急有什麼用呢？」那天，教完了最後一堂繪圖課，哇仔聽我說起分手的事，她嘖嘖搖頭。這個我教了最久的學生，也曾經見過小魚一兩次，算得上稍微認識。

「妳知道我今年高壽了嗎？」我瞪她一眼，「很遺憾，我沒那麼多閒工夫花在等待上。」

「這樣放棄難道不嫌可惜？都經營這麼久了。」

「一年多了啊。又怎麼樣呢？我已經做了所有能做的，也早在一開始時，就給了一個關於未來的承諾。很可惜的是，她顯然不怎麼珍惜，忘了一個人對另一個人的付出並非天經地義、理所當然。我等了一年，發現根本等不到那個夢想，所以除了放棄，我找不到第二條更好的路。」我說：「那個美麗的願景不是海市蜃樓，不是天上宮闕，它確實可以被實現。但這世界就是這樣，很簡單，也很現實。就像商品，這個好東西如果妳不想買，那就算了，買賣不成仁義在，大家還可以當當朋友，至於商品，我就只好改賣別人了。」

哇仔想了一想，說：「那難道你馬上可以找到更好的買家？」

「庫存品總好過消耗品。趁著我還沒對愛情死心，我想先趕緊收回來。」

我收拾東西，走出繪圖教室，哇仔突然又開口，「那她現在呢？」

我嘆氣，沒有回頭，「不知道，我不想，也不太敢知道。」

小魚當然不是個像她外表所表現出來那樣堅強的人，否則那天就不會在愛河邊痛哭失聲。我懷疑自己怎麼能夠如此冷靜冷血，對她的淚水視若無睹。直到自己一個人背著背包，過了海關，上了飛機，連飛機餐都吃完了，還不停地思索著。

我想得更多的，是大維在羅東車站說的那幾句話，被動地讓人提分手，心裡固然要痛那麼一大下，但提分手的人，除了一樣要遭遇失戀的痛，還得有提刀捅人般的勇氣才行。可不是？當我傳出那個分手簡訊，當我一點一點清理著小魚的東西，將它們慢慢搬下樓，看著那些我早已習以為常的物品陸續離開我的世界時，其實眼角都含著淚水。我無論如何都很難相信，自己正在親手毀滅這些花費了一年時間，好不容易辛苦建立的，屬於我們的一切。

下飛機後，我買了一張地鐵票，換了幾趟車，抵達稻荷町站。上一回跟小魚來日本就住這附近。也是那一次，我們發現飯店附近有間台灣人開的民宿，價位非常便宜，還特地進去拿了名片。這趟來之前，我先打了電話，一訂就是半個月。

其實自己也弄不清楚，究竟大老遠跑來的意義是什麼。反正失戀的人最大，就算我今天下飛機的地方是南極又怎樣？我賭氣似地，什麼事情也不做，就在只有四坪不到的小房間裡窩著，鎮日坐在窗緣陽台邊，看看馬路上的行人也好，聽聽自己帶來的音樂也好，甚至連澡都沒洗，自閉了整整兩天。旅館主人好心地來敲門，他很擔心這個詭異的住客可能是逃犯或吸毒者，我苦笑著告訴他，其實我非常正常，只是失戀了而已。

算是接受他好心的建議，我租了一輛腳踏車，滿載著他的鼓勵跟親手製作的飯糰出門。年紀大約四十開外，據說早年在台灣也曾經寫過幾本詩集，非常感性的老闆對我說：「小子，大和文化是很美的，不過最美的通常都象徵著毀滅跟凋零，就像櫻花，像詩，當然也像愛情。現在是沒什麼美景可看的五月天，不過你反而更應該出去走走，看看那些不怎麼美的現實平常裡，生命力是如何存在和運作著。」

老實說，我踩著單車出發，騎了幾百公尺後，還是不懂那老小子到底想表達些什麼。我漫無目的地瞎逛，有些地方曾經來過，免不了還是會停車再走走，只是我會盡量忍住，提醒自己別去回想太多。愈想，只會愈傷。

第一天在飯店附近亂逛，第二天一早就到築地去，在勝鬨橋上閒坐發呆，第三天晃到淺草一帶。我第二次踏進觀音寺，這次拍下那個「雷門」大燈籠時，一樣只有景，沒有人。算是療傷之旅嗎？我嘲諷著自己的流俗，卻也不得不承認，我確實希望藉著這趟旅行，讓自己能暫時脫離熟悉的環境，脫離那些困頓。

不過，或許是選錯了地方吧，南極或印度都好，可能我最不該選擇的，就是我跟小魚曾經一起來過的日本東京。觀音寺裡沒有太多觀光客，我很悠閒地踅了一遭，走到籤詩桶邊。那次，我跟小魚在這裡求籤，結果兩個人都很倒楣地抽到下下。按照習俗，抽到下下籤的人，可以把籤詩捲折起來，繫在一旁的竹架上，祈求神明保佑，幫忙改改運氣。那時我們互相嘲笑著，嬉鬧中，把籤詩交錯著繫好。我知道自己不該這麼做，但怎麼也控制不住腳步，走到竹架子邊。那兩張籤詩依舊緊緊繫在一起，上面還寫著我們的名字，很近很近地靠著。

你說下輩子如果我還記得你，我們死也要在一起……

西風送了三千里遠，落英也化作春泥，難得誰在昨夜裡溫了盞酒，
我錯身過去了的女兒家。
咱願不得是今生的眷戀，卻寥落下不成形的芳魂一縷縷，
這回可真的要走了？但我猶且期待著哪年還擁妳入夢中。

是吧，這一橫海崖邊竄動的夕暮之光，無緣見著的妳。
或在黛青隱隱的嵐霧中，書寫昨日之都已入黃昏的繁華，
我藏也藏不住地，藏也藏不住地，而這樣好嗎？
莫要怨懟起那難捨的懦弱，我只在若無其事間收了一滴淚水。

但依舊是渺茫，但依舊是渺茫。
倘若臂彎裡有怎般無可割捨的思念，我願那是若干年後仍然深烙的印記。
雲開後總有月明，而妳始終是唯一。

25

到日本後，哇仔第二次打電話來，問的是貓飼料到哪裡買。她說我房間的紗窗被貓抓破了一個大洞，而且看樣子這兩隻貓還從洞裡鑽出去，在陽台上散步了很多次，地板上全是貓腳印。

「我把紗窗補好了，現在正在考慮是不是幫貓洗個澡，順便剪指甲。」她說。

「補紗窗？」我簡直不敢相信，「妳會補紗窗？用什麼補？」

「到五金行買紗窗回來補呀。」她非常驕傲，「我在我們系會裡，可是萬能的女強人呢。」

天可憐見，我現在最感冒的就是「女強人」，那是小魚長久以來一直在MSN上使用的暱稱，也是她所立志的目標。這世界上怎麼那麼多女人想當女強人呢？而且看來還以金牛座的居多。

我嘆氣，「隨便啦，妳愛怎樣就怎樣了。」反正人都已經在東京了，台灣那邊就隨她去安排吧。

「順便再跟你說一下，我剛剛在樓下遇見小魚。」哇仔說。

我一愣。哇仔說是碰巧遇見的，小魚沒有上樓，只在騎樓邊抽了根菸。她雖然還有鑰匙，但沒有上樓，甚至連一通電話也沒撥給我。

「我不知道你想不想讓她知道，不過我還是告訴她了，我說你在日本。」

「沒關係。」

掛上電話，我呼出長長的一口氣。是眷戀嗎？或是什麼因素，使得小魚又走回來呢？我隱約可以猜到。她這樣做其實沒有任何意義。因爲可以想像得到，假使今天在樓下遇到她的人是我，我的臉色大概不會太好看吧。

我瞬間失去了要去自由之丘的興致，掉頭折返。天色漸陰，後來甚至慢慢地飄下雨來。我淋著雨，吹著風，只是一步一步地踩著。日本的雨我淋過兩次，第一次，是跟小魚兩個人剛到東京的第一夜。那時，我們相互扶持著，狼狽而且匆忙，在地鐵站裡折騰多時後，只想手牽著手，快點跳上計程車，到飯店去休息。而這次，我一個人，空著心，漫無目的地，就在街上接受雨水的洗禮。這個比台灣大上很多倍的島國，多的是我陌生的街道巷弄。我像是逃避般地，就在這些陌生的道路上左穿右繞，騎啊騎地，直到天都黑了，也眞的迷路迷得很徹底，才停下車來，走進便利商店，指著地圖上的大馬路口，用我很破爛的英文，向那個英文比我還破爛的店員問路。

「今天好玩嗎？」旅館主人看我一身溼漉漉的，面露調侃地問我。

「還不賴。」我說。

他煮了一鍋很台灣口味的排骨酥湯，配上味道也很道地的火雞肉飯，還拿出一整打啤酒，叫我換下身上的溼衣後一起吃飯。

「這麼好興致？」看著那一桌，我打趣地問。

「算不上是興致，今天是我老婆的忌日。」他聳肩，臉上有平靜的微笑，「幾年前交通意外過世了。這些是她以前最拿手的，也是我最愛吃的。雖然現在她不在了，但是每年的這一天，我還是會試著做看看，或許哪一天我就能夠練就像她一樣好的廚藝。這也算是一種紀念吧？」

我有些愣住，他點了香菸，打開啤酒遞給我，說：「人生嘛，過不過得去的，最後都得過去才行，因爲活著的人沒有過不去的理由，對吧？」

「很有道理，不過你應該去跟我那個分手的女朋友說。」我苦笑，「因爲過不去的人不是我。」我乾了一口，把酒先擱在桌上，準備上樓，他忽然又叫住我。

「不管是誰，還沒眞正忘懷之前，都不算眞的過得去喔。」他背對著我，沒有再繼續說話。我點點頭，然後走上老舊得吱吱作響的木製階梯。

對我而言，難道還不算眞的過去嗎？是斬斷得不夠乾淨，還是其他什麼緣故？我來不及細想清楚。晚上跟旅館主人喝得爛醉，兩個男人趴在餐桌上一起睡著。直到隔天早上，我醒來，睜開眼睛時，旅館主人已經出門去採買了，只有一個僱請的女孩在櫃檯向我招呼，臉上居然還帶著嘲弄的目光。我有些不好意思，回房間梳洗後，牽著單車出門。時間已經接近中午了，昨晚的細雨陰雲散去後，東京又是明亮的天空。我頂著那一天湛藍晃出門。

正中午的時候，滿身大汗的我很想找個地方歇腳。這城市的角落裡到處都是公園，公園裡也到處都是趁著午休時段出來吃飯跟抽菸的上班族。我不想攪和在其中，所以騎過了一個又一個路口，最後停下來的地方，是個隱藏在巷弄中，非常不起眼的一處小神社。

幾株樹木聳立，那神社似乎無人管理，我於是信步踏了進去，心裡想：在這兒被供奉著的神仙好福氣。日正當中的時刻，有幾棵大樹遮蔭，又涼快又安靜。還沒想完，竟赫然發現寺廟的另一邊全都是墳塋，霎時間我呆了一下，再仔細看看廟宇本身，才知道供奉的是地藏王菩薩。

我沒有急忙要走的打算，望著那一堆靈魂安息後，埋葬軀殼的墳堆，我只是傻站在庭院中間，腦海裡泛起的，全都是昨晚旅館主人的話，「眞正忘懷之前，都不算眞的過得去。」他說。

我恍然大悟。伴隨著領悟的，是我想哭的衝動。原來不只是小魚而已，走不出去的人還有我。只要一息尚存，我們恐怕就不可能眞的忘得掉、走得開。如果我忘不了那一年裡的種種，那麼也就不可能答應小魚的復合，甚至甭提復合了，我們只怕連朋友都當不成。我忍不住嘆氣，在這個古意盎然，綠草青青，分不清楚是墳墓或廟宇的地方坐下來。我明白了旅館主人在若干年後，終於能夠做出排骨酥湯與火雞肉飯的心情。我在這城市裡到處亂轉，除了一次不小心又踏進觀音寺外，其他時候都盡量刻意地，避開那些曾經和小魚一起來過的地方。可是其實一點用處都沒有，因為我想逃脫的，並不是任何一個記憶裡去過的地方，是那些記憶的本身。

最難逃離的，其實是記憶本身。

26

「所以你想通了嗎？」旅館主人問我。那鍋排骨酥湯足足吃了兩個禮拜，殘渣都已經黏在鍋底了，我花了好多時間才刷乾淨。

「不管通或不通，遲早都得回去的不是嗎？就像你說的一樣。」我看看刷得很光亮的大鍋子，「難不成你要因爲欣賞我刷鍋子的本事，留我下來工作嗎？」

「你願意嗎？」

「當然不願意。」我立刻回答。

數不清楚到底住了多少天，總之我只付了一個月的房租，之後老闆大方地不收費。我於是每天都主動幫忙打掃，旅館主人也樂得有人閒閒沒事陪他聊天。

「你回去後，我會覺得很寂寞的。」他又說。

「放心，這世界上天天有人失戀，下次我再有朋友分手，一定會介紹他們來日本找你。」我半開玩笑地回應他。

想不想得通都一樣，或者其實也沒有什麼好想通的，我只是弄懂了一些道理而已。既然逃不了的是回憶本身，那不管去什麼地方，躲到任何角落，回憶都會緊緊跟隨，在每個疏於防備的時候竄鑽出來，侵襲我的思緒。至於逃脫的辦法，除了還要更多時間外，我想就是更積極一點，去創造更多更新的回憶。

我收拾好行李。要離開前，最後一次環顧這個窄小的和式房間。在這裡頭，我曾經苦悶，也曾經懊惱，還有好多好多感傷。雖然時間不算眞的很長，感覺卻像是住了好幾年似的。

「如果還有機會再來，我發誓，一定會用不一樣的心情跟表情住在這裡。」我對著空氣說。

機場依舊繁忙，我逛著免稅店，在那一整櫃的香水和化妝品前駐足。曾經，這些東西我也耳濡目染，知道了很多品牌，連行情都有了一點基本的概念。更早之前，這些東西對我來說就像火星隕石，八竿子打不著。如今，它們又離我愈遠而去。原來，人生裡的一切都跟愛情息息相關呢！我感嘆著，上了飛機。機輪離開日本土地的瞬間，我沒有很浪漫地對著這個城市說再見什麼的，只是在心裡嘆了好長好長的一口氣。

「結果呢?」飛到台灣，廖親親開著我的車來接機。這段日子裡，貓跟房間託給哇沙米，車子就直接借給廖親親。「走得那麼突然，也沒交代清楚，現在我才知道你去日本的原因。」

「結果就是我花光了畢生積蓄，然後回來繼續苦命地賺錢啊。」我笑著說，送了一瓶清酒給他當禮物。

「一切都回到原點，沒有好事，沒有壞事，只有我跟兩隻貓。」我說。車子靠右邊走的交通方式還眞讓我不太習慣，這裡是台灣呢，我對自己說。

「對了，有件事我得跟你招認……」他有點不好意思，「前陣子小魚找我喝茶，看到我開你的車，所以她借用了幾次。」

「喔。」

「而且她不小心撞凹了側面板金。」他很愧疚，「這個月我爸給零用錢了再幫你修，好嗎?」

「算了吧，」我坐在副駕駛座上，揮揮手，「車子是拿來開的，不是擺著供奉的。四個輪子還會跑就好了。」我心想，看來果然誰都不是過得去的人，一回台灣，立刻就和小魚有關聯了。她平常只有上下班的路程需要代步工具，其他常去的地方也幾乎都在市區，根本沒有太多用車的機會。會跟廖親親借用這輛車，可想而知純粹只因爲車是我的。

「我如果知道小魚開車的技術那麼爛，就不會把車借她了。」他還在說。

「基本上呢，孫瑜甄這個人坐上駕駛座後，還能活著下車就算奇蹟一件了。」我說得雲淡風輕，心裡不免還是擔心，眞該慶幸我這部車已經夠老舊了，如果換成是一部性能很好的車，怕的是小魚不會只撞凹保險桿而已。

房間仍然維持著我出門前的原貌，哇仔打掃得很盡心。其實我只叫她幫我照顧貓而已，沒想到這丫頭竟然連地板都掃得很乾淨。把行李往角落一丟，我坐在床舖上，用手輕撫床面。枕頭上再沒那個長髮女孩，床頭櫃上也沒有她亂丟的衣物，連床面上一根她細長的髮絲也不可復尋。我走進浴室，看著洗手台邊的肥皀，當初離開前，這塊肥皀剛拆封啓用，一個多月過去，哇仔用掉了一半。

「你怎麼瘦成這樣？」我摸摸肥皀，心裡覺得它非常可憐。「還有你，別哭了，日子總得過下去的，不是嗎？」把掉在浴室地板上的抹布洗了，沒擰乾，直接掛好，看著它不斷滴水，我說。

兩隻貓都快不認得我了，躲在角落裡張望窺探著。電子信箱有滿滿的郵件，稍微整理一下，有幾間出版社來信邀稿，比較急切的先回覆了，剩下的就暫時沒去管它。我打開那個畫了很多小魚的資料夾，一張張點開來，一張張看。終於能夠比較平靜地看看這些畫面了。我叼著菸，瀏覽完二十幾張畫，然後打開另一個存滿照片的資料夾，那裡頭有我們所有的照片，有一起在小酒館拍的，有在綠島、墾丁拍的，還有在九族文化村拍的，另外有一些平時隨手拍攝下來的，或是爲了幫助我畫圖而照的。照片很多，花了好長時間才看完。眼睛痠疲的我靠在椅背上，香菸早已燒盡。最後我打開那個一直擱在桌面上的檔案，是小魚去參加同學會時拍的。照片裡，她笑得很開心。老實說，我還是看不太出來，到底哪裡有因爲我不在場，而顯得不開心的樣子。

「媽的。」我有點懊惱。

回台灣後，才覺得在日本那個小旅館裡生活眞的很方便，至少不必自己張羅吃的。過了幾天，屋子裡所有存糧，不管是否已經過期，全都被我吞進了肚子裡。

可能有點水土不服，我接完兩通出版社的電話後，覺得悶熱了起來。圖畫得很順手，該呈現出來的線條與色調我都瞭然於胸，偏偏就是作畫的過程中諸多不順，有時是貓在追逐，干擾我的專注，有時是戶外的喧鬧聲打斷思緒，到後來我甚至開始有些暈眩。冷氣維持在二十四度，不太可能是中暑。勉強又畫了二十分鐘，我終於還是放棄了，整個人歪歪斜斜地走到床邊，腿一軟，倒下。

「你們兩個王八蛋……」對著好奇而走過來探看的兩隻貓，我聽見自己扭曲的聲音，然後意識到，該不會是發燒了吧？難道是食物中毒？這個想法來得很突然，但也只有一瞬間，因爲才剛這樣懷疑，想拿起手機來打個電話向誰求救而已，我就昏過去了。

過得去的，跟過不去的，最後還是都得過去。

27

那恍惚中，有貓走過來舔我的手指，有外頭尖銳嘈雜的汽車喇叭聲，有外面下起大雨時的淅瀝紛亂，還有我偶爾很想吐的反胃感覺。早知道不回來了，矇矓中，我還有一點意識：早知道回來沒幾天就突然得了怪病，要死在這個沒人知道的狗窩裡，屍體還可能會被兩隻缺糧的貓給吃掉，倒不如留在日本洗盤子算了。我掙扎著翻了個身，不曉得躺了多久，渾身發冷，但伸手抓過來的只有夏天的薄涼被。不是夏天嗎？怎麼冷成這副德性呢？我翻身，想爬起來，然而一點力氣都沒有。隱約中，好像有人走過旁邊，燈開了又關，再靠過來，用手探探我的額溫。

「溫度計你收到哪裡去了？」那個人問我，聲音聽來很急。

「貓吃掉了。」我不知道自己爲什麼要這樣回答。

「白痴啊你！腦袋燒壞了是不是？」說著，那人便匆忙離開我身邊。

誰曉得是過了多久呢？我彷彿聽到自己的呻吟聲，好像是貓打起架來。過了一陣子工夫吧，那個聲音又回來了，把溫度計塞進我腋下，然後我的頭被抬起來，嘴裡被餵進一口水，塞下兩顆藥丸，還有一條冰冷的毛巾敷上我額頭。

「你要照顧好自己啊，怎麼會弄成這樣子呢？」那個人擔憂地說。我囈語著，聽不出來自己到底說了什麼。那個人似乎還在忙碌，在房間裡來來去去，影子晃得我頭更暈了，最後乾脆昏死過去。

沉睡中似乎作了些夢。依稀裡好像看見我媽，她絮絮聒聒地嘮叨著家裡的生計，特別強調我一天到晚在外頭鬼混，打架記過，還跟大維一起蹺家蹺課的事。那不是已經過了好多年了嗎？這時候舊事重提做什麼呢？我想爭辯，想告訴那個老太婆，但她沒理會，又問我小魚的事，又說一個男人哪有不結婚的道理。我們家就一個兒子，不結婚的話，叫她死了之後怎麼跟祖宗八代交代？我說交代個屁，不結婚可不是我的問題。條件開得那麼漂亮，我娶進來的老婆準是享福的份，是那些女人自己不要的，可不干我的事。

「妳去問小魚啊，問她到底在想什麼，不要來問我。」我忽然說出話。

「我想的一向都很簡單，你是知道的。」有個聲音靠到我身邊來，「如果你以前看不到或感覺不到，那是因爲我不曉得該怎麼表達，但現在我想再努力看看，做些我能做的，就算不能挽回一點，至少讓你知道，我還在這裡。」

這話讓我爲之一震，精神瞬間都來了，掙扎著想起來看清楚，四肢卻依舊沉沉無力，雖然有意識卻也並不清楚。

「你好好睡吧，不打擾你休息。我也該上班了。」那個聲音又靠到身邊來，叮嚀著，「電鍋裡有粥，起床就吃一點，別忘了要順便吃藥。精神好一點時再去看醫生。」說著，在我嘴上輕輕一吻，然後我又昏睡了過去。

那之後又是雜夢連連。一直到傍晚，當窗外夕陽西下，霓虹初上，我才輾轉醒來。睜眼時只覺得全身都溼了，口渴得不得了。

這段半睡半醒的時間裡，有很多畫面或聲音從腦海中閃過，有些模糊難辨，有些非常清晰。不過我很肯定的是，那聲音確實是她沒錯。我伸出手，把一直擱在床邊的手機拿過來，按了一下，看看最後一次撥出的號碼，是小魚。怎麼意識不清的時候會打電話給她呢？實在是匪夷所思。不過也眞的很慶幸，無論是誰都好，幸虧我撥了那通電話，否則這時候我大概已經病死了。

「就算是下意識的，那不也正反映出你心裡最深處的想法嗎？」哇仔把鑰匙拿來還我，見我一臉憔悴的模樣，又聽我說完這一天一夜的事之後這樣說。

「什麼想法?」等哇仔過來的時間裡,我已經洗過了澡,吃掉電鍋裡一半的粥,也喝了退燒藥水,總算是清醒了些。

「放不下啊,你明明就還愛她。」哇仔說。

「我沒否認這一點啊,事實上我也樂意大方承認,其實我還是非常愛小魚的。但是愛一個人,不代表非得跟對方在一起不可,尤其是兩個人的人生觀和價值觀都衝突時,分手或許對彼此都好一點。」看她臉上充滿了不解,我又接著說:「因爲我不想再給她牽絆跟約束,就像妳自己也是金牛座,妳也不喜歡被限制住,對吧?所以讓她去過更自由的日子,隨心所欲,不是很好嗎?而且,更重要的,是無論我多麼愛她,也不願再承受一次那種被忽略的難受心情。」我攤手。

我話說得很直接,也說得斬釘截鐵。哇仔臉上本來還有想勸合的神采全部淡了下來,她點點頭,「希望你們的選擇是對的。」

我也希望自己的決定沒有錯。哇仔離開後,我撥電話給廖親親,告訴他從現在起,我每隔四個小時會傳一次簡訊給他,如果連續八個小時沒收到訊息,請他帶鎖匠來我家,可以破門而入,拜託送我去醫院。

「眞的不需要我過去?」電話中,廖親親非常擔心。

「我寧願病死也不要男人來照顧我。」我說。

還是獨處比較好吧？我坐在床緣，兩隻貓似乎對這一天一夜裡發生的所有事渾然無所覺，只顧著互相追逐，打得天翻地覆。

我走進浴室，清洗著那些碗盤時，心裡想著的，都是以前兩個人同住的回憶。小魚喜歡嘗試自己做很多事，有時是因為她不想依賴別人，有時是想挑戰自己的能耐，甚至有時只是新鮮好奇而已。就像那時我們粉刷這房子，她想試試看自己刷油漆的功力怎麼樣；就像這一堆鍋碗瓢盆，是因為她很享受親手烹飪的成就感。

「結個婚，組個家庭，再生兩個小孩，一起努力個幾十年，這難道不是更有成就感嗎？」我自言自語地嘆氣。

雖然四肢無力，還是勉強把家事都做完，又流了一身汗。我沖完澡後，電話正好響起。

「身體還好嗎？」

是小魚打來的，她剛下班。我愣了一下，看看時間，已經晚上十點多。她又問，「看醫生了沒？」

「我想應該不用吧。」我沉吟了一下，「謝謝妳照顧我。」

「你也照顧過我啊，這又不算什麼。」

然後我不知道接下來該說什麼，或許她也是吧。彼此沉默了一下子，過了半晌，小魚問我：「今天晚上我過去找你好不好？」

我皺眉，對她說：「不要好了。」

「為什麼？」她的語氣一轉，我聽到失望。

「我覺得不太方便。」然後是我為難了。

電話那頭她沉默了很久，最後才說算了，只要我好好休息就好。掛上電話時，我鬆了一口氣，但原本清理完整個房子的愉悅感，也隨之消散殆盡。我想起自己跟哇沙米的那些對話，確實，我必須承認自己並沒有眞的割捨下這些感情，也很清楚知道那份愛絕對不是說分手就能跟著結束的。即使是這樣，那又如何呢？兩個都放不下的人，難道要繼續牽扯糾纏下去嗎？那會對誰有意義呢？我嘆氣，環顧了房間，又摸摸口袋，發現已經沒菸了。

如果可以，希望有那麼一天，我們可以面對面坐著聊天，聊天氣也好，聊生活也好，聊什麼都好，就是別再談情說愛了。那時候，我們可以像老朋友一樣互相關懷。我希望有那一天，也知道那一天絕對不是今天。我抓了一把零錢，走下樓，在推開一樓鐵門的瞬間愣住了。

「對不起。」小魚坐在機車上對我說。

最該放下的，往往是最放不下的，是吧？

28

「對不起，我還是很想見你。」小魚低聲說著，坐在機車上。她手裡拿著菸，但一口也沒抽，聲音幽幽，「所以我就直接過來了，可是不敢跟你講……」

還能說什麼呢？來都來了。一起往附近的便利商店走去時，我很小心翼翼。並肩走在一起的兩個人，不能像以前那樣牽著手了，所以當她走在我右邊，我便將鑰匙拿在右手，把左手放進口袋裡，而反之亦然。我只能如此，否則我無法避免這種兩人走在一起的尷尬。

「工作還好嗎？」有起路來還有點輕飄飄的，我試著找話題問。

「除了很累之外，其他都還好。」她苦笑，「晚上十點，我是全公司第一個離開的人。不曉得爲什麼，沒有人覺得該回家的樣子，從老闆以下的每個人都還在位置上，就我這個最菜的先走。」

「這樣沒關係嗎？」

「是主管叫我可以先下班的。」她點點頭，「忙一點也好，對吧？比較不會亂跑，也比較不會亂想。」

「是嗎？」老實說我不太相信。

「每天從早上九點做到晚上十點，一下班，除了睡覺，還能有體力去哪裡？我連禮拜天都沒力氣打球了，只想補眠而已。」她說：「不但是我這樣，我們那一屋子的女人每個都這樣，全是工作狂。」

我跟著笑了一下，買好香菸，走出便利商店，小魚問我這趟去日本好不好玩。我說還好，反正是去散散心，順便也把財產散光，現在開始起要努力接案，也要認眞教學生，得把積蓄賺回來才行。

「所以你住在那個台灣人開的民宿裡？」

我點頭，告訴她那個主人收很少的住宿費用就算了，還請我吃了不少他親手料理的台灣菜。

「眞好……」她露出嚮往的表情。

又是一陣微妙的尷尬。慢慢走回公寓樓下，小魚顫顫巍巍地問我：「我眞的不可以留下來嗎？」

「妳沒帶換洗衣物吧？明天早上還要上班，不是嗎？」我微微皺眉，「況且，我覺得這樣眞的不是很好。」

她默然許久，才吐出一句話來，「我們……眞的不能再繼續了嗎？」

「至少不是現在吧。」我的心開始沉了下來，預料得到她會提起兩個人的事。我眞的已經不曉得還能說什麼。我搖搖頭，點菸，坐在公寓門口的階梯上。小魚也坐回機車上。「或許我也期待有那麼一天，也可能不會，因爲沒有人知道下一分鐘會發生什麼事。無論之後會怎麼樣，總之，我覺得現在的我們沒辦法繼續下去，就這樣而已。上次跟妳說過了，我不想限制妳，也不想改變妳什麼。換個角度想，我也不想改變我自己對婚姻愛情的規畫。」

「不是你要求的，是我自己願意改變的，這樣不行嗎？」她又顯得急切，「爲什麼不再給我一次機會呢？」

「這不是給不給機會的問題，」我有點苦惱，「每次發生爭執，我不是都告訴過妳原因了嗎？結果又怎麼樣呢？那些衝突，其實大部分都是來自觀念上的差異，是根本上的不協調，所以只能吵完一次又一次，這樣有意義嗎？」

「那我問你，你現在還想結婚嗎？」她忽然有點賭氣地問我。

「當然還想。」

「那好，我這禮拜放假，就回台南跟我媽提，說我想結婚了。」她說。

「錯了，也晚了。」我淡淡地搖頭，心裡已經完全提不起勁再動氣。都這種時候了，吵這些還有什麼用呢？我說：「從我第一次跟妳提到結婚這件事，所有的期待就不斷地走下坡，因爲妳讓我感覺到的，是不當眞，是開玩笑。現在我們都分手了，說這些又有什麼幫助？」

「九族那次回來之後，我就跟你道歉過了啊。」

「道歉並不能解決問題。」我的口氣很強硬，「妳不能搧了別人一巴掌，再若無其事地安慰對方說沒事了。」

「那之後我是眞的很認眞在考慮的。」她已經淚流滿面了。

我搖頭，「如果按照當初的約定，今年七月要結婚的話，那妳現在也不該還停留在考慮階段，應該跟我一起籌畫婚禮了才對。妳了解嗎？這就是問題，也是我們對這段愛情的目標差異。我從第一次提到這件事，就已經非常當眞地在計畫跟期待著，因爲我認爲，那是兩個人的愛情裡，最後也最重要的結局；而妳從第一次提到結婚兩個字後，就拿它來開我玩笑，敷衍到不能敷衍的時候，才開始思考它的價值。事到如今，已經太遲了。」我看著她，緩緩站起身來，「早點回去休息吧，我很感激妳這兩天照顧我，沒有妳的話，我大概已經斷氣了。儘管如此，很遺憾的，我沒辦法答應妳的要求，在我忘了那些往事之前。」

「那你什麼時候會忘？」她淚眼婆娑地望著我。

「也許半年，也許一年，也許是一輩子。妳不要遷就我，不要刻意去做任何改變，不放聲大笑也不有話直說的小魚，就不是小魚了。去做妳該做的事就好，其他的留給以後吧。」我心裡沉重得連呼吸都有點困難，嘴裡卻說得淡。

當她終於騎著機車離去後，我又坐回階梯上，安靜地抽著菸，心裡早就不知該怎麼想才好了。我腳邊放著一個塑膠袋，裡頭裝的，是小魚剛剛拿給我的東西，是那個我在日本望之卻步的傑克布娃娃。當時因為它的價錢令人咋舌，所以最後沒有買成，沒想到小魚在高雄找到了。今晚其實她九點就已經下班，會到十點多才來找我，就是因為她跑到新崛江去，在那一堆看起來都差不多的巷道商店裡到處尋覓，好不容易找到那間店，把娃娃給買了回來。

「這是何必呢？」看著布娃娃天真可愛的表情，我心裡又是一陣酸苦。過了大約二十分鐘，我手機裡，收到她傳來告知已經平安到家的簡訊，然後這才上樓。

兩隻貓還在互相追逐。這世界就算下一分鐘要毀滅，牠們也完全不會在意。我無奈地坐下，覺得非常可悲。兩個人爲什麼會走到這個地步？她如果能再早一點有這樣的決心，那該多好？我再不忍去回顧過去曾有的一切，掩著臉，全身瑟縮在電腦椅上，只有外頭的霓虹光線，隱約透過指縫，刺得眼睛發疼，卻怎麼也流不出一滴眼淚來。

最傷的不是誰不愛誰，而是相愛的兩個人決定不在一起。

29

「以前覺得你這個人好像沒什麼個性，現在看來卻又不是那麼一回事。」廖親親打量了我一下，「怎麼覺得你好像個性過頭了。」

「我只是怕了。」我搖搖頭，「很多事我不想再經歷一次，包括坐雲霄飛車。」我們一起笑了出來，而且都是苦笑。那次去九族文化村，廖親親跟豬豬還非常恩愛，而那天小魚開了我一個天大玩笑，以致於到今天我們都還忘不掉。

「你覺得這兩個女生怎麼樣？」趁著聊天空檔，他又問我。

「庸脂俗粉。」我直接退貨，「不過當朋友還不錯，至少很聊得來。」

也不曉得他是從哪裡找來的人，廖親親打電話邀我，說兩個中部來的朋友想一遊高雄。我原本打算借他車就好，不過廖親親再三鼓吹我一起來。我看這哪是什麼高雄一日遊？根本是聯誼吧？都幾十歲人了還玩這一套。

在旗津街上閒走，兩個花枝招展的女孩又是烤魷魚，又是冰淇淋地吃個沒完。到後來甚至開心地跑去玩果凍蠟，就剩我們兩個，坐在賣木瓜牛奶的攤子前發呆。

廖親親說這樣下去也不是辦法，經過一段時間的努力後，豬豬依然沒有回心轉意的跡象，她跟那個養柴犬的男人現在非常幸福。

「我可不想一輩子可憐兮兮的。」他非常有朝氣地說：「跟我一起奔向更美好的未來吧！」

「這句話你留著，裡面有兩個女的讓你挑，高興跟哪一個一起奔向未來都可以，就是千萬別找我，拜託。」我啼笑皆非，「愛情這種東西跟酒沒什麼差別，開始喝會很過癮，喝過頭就爛醉，當你吐得連五臟六腑都要嘔出來，會有好一陣子的時間，你連聽到『酒』這個字都害怕。」

「是這樣嗎？」他半信半疑地看著我，「該不會是你對小魚還餘情未了吧？」

「錯。」我回答得很快，「正好完全相反，應該是餘恨未消才對。」

這樣說或許過分了點，卻也很符合實情。我不得不承認，那些過往當中，有很多事讓我對小魚產生了負面的觀感，這和當初在小酒館裡耳聞的那些並不相同，而是從我自己的經歷得來的。那些負面觀感與記憶假使不能消除，那麼恐怕無論小魚多眞誠地想挽回，也都是徒勞。

廖親親嘆氣，在這樣的艷陽天下很感慨地問了一句，「這世界上到底還有沒有幸福的眞愛呢?」

「當然有啊。就像《神雕俠侶》裡頭，楊過跟小龍女那樣堅貞不移的愛情，我相信一定存在，只是不見得每個人都遇得到而已。大家都認爲楊過很深情，可以爲了小龍女守候十六年，最後甚至跳下絕情谷殉情。然而你想想，如果小龍女十六年前沒有先爲了楊過跳下絕情谷，那十六年後，楊過跳崖殉情的這個舉動豈不是變成了笑話一場?要麼他跌死在谷底，要麼就是沒死，發現谷底連個屁也沒有。」我搖頭，說:「所以今天即使你有爲了愛情犧牲的勇氣，可是你怎麼能確定，那個讓你犧牲的對象，是跟你一樣堅定不移的人?又或者說，就像豬豬，她願意爲你犧牲的時候已經過去了，所以最後她拒絕你，選擇愛另外一個人。像我，我願意爲了小魚跳下絕情谷的時候也已經過去了。」

這話說得廖親親默然，我也嘆氣，「我很想爲了小魚而跳，在那個我願意這樣做的時期裡。可惜的是，當我跳下去的瞬間，才發現原來她就站在山崖邊鼓掌叫好，嘲笑我的天眞。」我把手上的香菸熄了，搖搖頭，「我跳了不只一次，但現在已經跳怕了。不管她是否還跟以前一樣，反正，我就是怕了。」

結束一場很無聊的聯誼後，我一個人跑到陌生的酒館去。離開店裡時，雖然不至於爛醉，但腳步也已經走得歪歪斜斜的了。那間店裡播了一整晚的藍調，聽得人心碎。買單時，連心碎的碎片都沒有剩下，我幾乎掏光了皮夾裡的錢。

其實也沒有什麼特殊的理由需要這樣喝，大抵上，一個男人過了三十歲之後，就必須涵養跟內斂，很多心事不能夠再輕易說出口。因爲不說出來時，還可以藏在內心的角落，假裝它不存在。一旦說了，那就沒有逃避的理由跟藉口，只能逼著自己去面對不可。

我對小魚眞的有恨嗎？漫步在炎熱的街邊，渾身發燙，胸臆間有股快要撐漲的鬱悶，沒有目的地瞎走著。說沒有怨懟是騙人的，畢竟這輩子始終不懷大志的我，最大的心願，就是從那個殘缺不圓滿的家裡走出來，憑我自己的能力，再組織起一個溫馨的家庭，過過簡單的日子而已。如今，這心願在幾番衝突後幻滅了。我怎麼可能對小魚沒有一絲一毫的埋怨？不過話又說回來，是不是在故事開始的最初，我就挑錯了女主角？一齣溫馨倫理劇，本來就不該找個演慣女強人的人來當主角，也難怪這齣戲最後會是這種下場。怨不了別人，也怪不得自己，所以我懊惱著。不想回家，反而晃到了工作室附近。

工作室那層樓的燈還亮著，我不禁有些疑惑。這工作室是一個知名的網頁製作公司承租，開班教授電腦繪圖課程，我受聘每星期來教一次課。照理說，這時間不應該還有人在才對。我忍不住內心的好奇，搭了電梯上樓去。四樓的玻璃門關著，不過我看見裡面有個身影背對外頭，正在操作電腦。

「你這時間跑來幹麼？」我敲門，哇沙米過來開門時問了我這句話。

「應該是我問妳才對吧？」我走了進去，電腦螢幕上是一張流露古典氣質美的女子畫像，手上拿著奇形怪狀的武器，既像刀也像斧頭。哇沙米學完所有的課程後，在這裡也開始教些簡單的初級課程，所以有鑰匙可以自由進出。

「我的案子做不完啊，盔甲很難畫。」她懊惱地重新坐回桌前，繼續操作。

「這裡的電腦速度比較快，畫起來也順手。」

「需要幫忙嗎？」

她搖頭，說這只是難畫，倒不至於畫不出來，花一個晚上的時間完成應該沒問題。我拉了把椅子過來，坐在她後面。長久以來，我教她畫的幾乎都是仕女圖，很少需要畫到盔甲的。

「什麼樣的稿子？網路遊戲嗎？」

「嗯。」她說：「不會很趕，只是想，能畫完就早點畫完比較好，至少晚上睡得著覺，不會一直作夢。」

我笑了一下，哇沙米又說：「哎呀，你這種拖稿達人不會懂的啦。」她小心翼翼地在盔甲上著色，做出深淺三層的色差來，然後說：「這是我第一次畫線上遊戲的稿子耶。」

「既然這樣，那就沒什麼好苛求的啦。」

「才不是。」她沒回頭，眼睛依舊盯著螢幕，語氣非常認眞，「客戶的觀感很重要是一回事。可是我不想要有任何一點覺得對不起自己的地方，這又是另一回事。這是一種堅持啊。」

「女孩子不要在工作上這麼好強啊，妳眞的那麼想成爲女強人嗎？」我皺眉。

「哈，猜對了。」她說：「我就是那麼典型的金牛座女生。」

我忽然覺得自己在搬磚砸腳，沒事說這些幹麼？只是既然提了，或許我可以從哇仔身上比對看看，是不是也有小魚那所謂金牛座特質的影子。

「所以工作、朋友跟愛情，對妳而言哪一個重要？」

「當然是工作跟朋友重要。」她不假思索地回答，「愛情只是心理上的需要吧，同樣是一種付出跟安全感的獲得。但工作得來的，是屬於自我的滿足，愛情根本一點保障都沒有，誰知道哪天會變質？與其去期待愛情，我寧願把精神跟生活重心放在工作上。」

「這是妳現在這樣想，還是長期以來的觀念？如果男朋友有意見的話怎麼辦？」

「我想我這輩子都會這樣想，工作優先，男朋友其次，他要是不滿意就分手，我也沒關係，反正我沒打算要結婚。」她說。

我默然無言。過了好久，哇沙米終於意識到我問這些的原因，然後才放下手邊的工作，轉過椅子來。

「不好意思。」她臉上露出尷尬，「我說的是我，又不見得是每個金牛座女生都這樣想的。」

「沒關係。」我微笑著說。

走出大樓時，天色漸亮，遠方的天邊已經有淺淺的藍白色逐漸露出來。酒意早已退了，我把手插在口袋裡，一個人慢慢走。街上開始有行人，也有車輛，再走一段路，我甚至已經看見早餐店開始營業，還有出門上學的學生。

世界仍舊照常運轉，每個人每天都要背負著自己不同的人生繼續過活。無論悲或喜，誰也逃脫不了。那我的恨跟不滿又算什麼呢？那些能代表什麼呢？我苦笑了一下，摸摸口袋，打開菸盒，發現已經沒有香菸了。把紙盒揉扁後，丟進了路邊的垃圾桶裡。

還是日本的旅館主人說的那句話，「過得去跟過不去的，遲早都得要過去的，只是遲早而已。」我嘆氣，認清這個事實。儘管依舊無法把過去的難過盡皆忘懷，至少日子還是得過的吧？我仰著望天，默默地想。

星座跟愛情無關，重點只是兩個人的心是否繫在一起。

30

夏天就這樣無聲無息地過去了，當我察覺時，天氣已經逐漸轉涼，高雄的盛夏之氣也在不知不覺間悄然轉淡。我開始教下一批繪圖課的學生，又畫了無數張容貌端正的絕世佳人，還多添了一顆硬碟在電腦裡容納這些美女，通通收在一個檔名為「超現實」的資料夾裡。除此之外，電腦裡還有另一處空間，儲存了二十幾張圖，那些圖裡的女子沒有那麼誇張的完美比例，但是卻有更活靈活現的表情，女子的右耳垂上有顆小痣，兩個耳洞。幾張她側身的圖裡，可以看見後肩的刺青。當作是紀念也罷，或者什麼也好，我就是不想刪掉。

日子很平淡，左右無事時，就跟廖親親去釣蝦，或者等大維回高雄，一起到其他酒館去喝幾杯。還能怎麼樣呢？能做的大概也就這些吧？

又有颱風，今年秋颱很多，出門的話要多小心。

手機裡有一封剛剛傳來的簡訊，我回覆，告訴她我最遠只會走到巷口的便利商店，被招牌砸死的機會趨近於零，請她才要自己多留意。或許這樣也好，是吧？至少對我而言是的。過去，她每天忙著上班，假日時經常有球友約了打排球，我們很少有機會坐下來好好聊天，反而是高雄每一個可以打排球的場地，我幾乎都跟著去過。她喜歡證明自己的能力，在球場上總是極力拚戰，我就是負責跑腿買飲料的那個人，或者就拿著相機到處亂拍，給自己的工作準備素材。現在我們雖然不常見面，但偶爾靠簡訊往來，偶爾假日時在線上聊聊天，問候彼此的近況，總算是比以前好了吧？我無奈地笑了一下，沒想到她開始學會關心我，竟然是我們分手之後。

聽聞這樣的關係，大維問我，「這算是重新開始嗎？」

「不知道，我想不是吧。」我搖頭，「大家都需要一些平靜的時間，對不對？」

「只有你一個人需要吧？」大維不以爲然。

可能吧，我聳肩。進入秋季後，小魚早已經適應新工作。這陣子忙完出貨，她比較清閒，偶爾在公司也會上線，找我講幾句話。雖然僅止於簡單的寒暄問候，聊些無關緊要的話題，遇到我說要開始工作時，她也會很配合地結束對話。但我知道，她想要的不會只是這樣，甚至有時我覺得她是刻意壓抑了自己。

「其實她改變很多了。」我嘆氣，「如果一開始就這樣的話該多好。」

「現在不行嗎？爲什麼不給她一個機會？」

我搖頭，不知道如何說明才好。或許是那段最想跟她結婚的時期已經過去了，也或許是當初相處時的很多不愉快還沒忘記。總之，我就是提不起勁來。

「以後再說吧。」意興闌珊地一起走出酒館，我這麼對大維說。

「人都是會變的。變壞的時候，你可以選擇放棄；可是變好的時候，你也可以試著接受，對吧？」最後，大維拍拍我肩膀，「考慮一下，人不能太過死心眼。」

很死心眼嗎？我不知道，唯一確定的，是即使我可以用很平靜的心情和小魚對話，那也不表示我們馬上就可以再回到過去那段同居的戀愛生活。我覺得平常聊天都還好，一提起「復合」，我可能就會開始不耐煩。

「妳從高雄一路開到墾丁？」一時之間，我還不太相信自己聽到的。小魚把一個陶瓷製的海星飾品交給我，順便說起週末去墾丁玩的事。

「本來是豬豬要開車，不過我們一致認爲太危險了。」

「妳確定妳開就比較安全？」我十分懷疑的語氣，「妳才考到駕照多久，居然租了車開到墾丁？」

「我拿到駕照已經半年多了耶。」她微微一笑，「也不會眞的很危險啊，我開車很小心的。」

要眞的那麼小心，我那部車的保險桿就不會被撞凹一個洞了。這句話我沒說出口，小魚這個人一向心高氣傲，我也不想打擊她的自信心。「以後也記得小心就好。」我只能這麼說。

「下禮拜還要出去玩，我們幾個老女人約了要遠征中橫，然後走蘇花公路到宜蘭，再繞台北回來，環個半島。」小魚臉上有難掩的興奮，「趁現在工作是淡季，要就趁早，不然到年底又沒空了。」

我笑了一下，要她自己注意安全。星期六晚上，終於又回到我們第一次見面的小酒館，今天店家辦烤肉派對，前後來了好幾通電話，我在盛情難卻之下只好參加。來之前就預料到可能會遇見小魚，因此也做了些心理準備。果不其然，她開心地現身，向每個認識的人招呼問候。我坐在人行道旁的椅子上，晚風清涼，想起上次在這裡烤肉，正好是去九族文化村的那天。

「喝醉啦？」小魚端著兩只酒杯，遞了一杯給我，「這裡多了好多新調酒，要不要試試看？」

我接過酒，喝了一口。很悠閒的鄉村音樂聲中，小魚一起坐下。這間店裡的人大多都互相認識，再不然也是點頭之交。小魚跟他們熱絡地寒暄，有些不太熟的人，打招呼時問她身邊的人是不是男朋友，我們都有點尷尬，只好笑笑，既沒承認，也沒否認。

「很久沒來，感覺像是跟這裡都脫節了。」她卸下應酬的笑容後，悵然地感嘆。

「是啊。」我點頭，「雖然住得很近，但我也不常來。」

小魚問我爲什麼改變之前的搬家計畫，我說：「一個人搬東西很累啊，廖親親像隻發情的小公狗，假日就忙著找女生聯誼，根本沒空幫忙，想想還是算了。」

小魚哈哈大笑著，喝了一口酒，過了好半晌，才輕輕地說了一句，「我還以爲你會說，不搬家是因爲那裡有我們的回憶在。」

我長嘆一口氣，就知道拿紀念品只是個幌子，一兩個月過去，眞的如大維所說，需要時間去平靜的人只有我，看吧，又來了。

逃不出那些回憶時，逃離那房子又有什麼意義呢？

「對不起。」小魚說。

陪她走到文化中心，一路上燈光幽暗，卻一點也不寧靜，蟬鳴聒噪，我們在路燈下的花圃邊坐著。

「算了。」我搖頭。

「過了一兩個月，好像沒什麼用呢。」小魚表情幽幽地強顏歡笑著。「照著你說的，去做我該做的事。可是我該做的實在很少，就只是工作、工作，每天都很努力工作，一天上班十二個小時。雖然公司裡咖啡可以免費喝到死，但是每天下班回去照樣累癱。如果能洗個澡就睡著那是最好，萬一睡不著，那種心裡的空虛才最難熬。一樣是抱著遙控器，躺在電視前面發呆，不過感覺跟以前比起來就是不一樣。明明都是同一個節目，同一個主持人，感覺就是不一樣。」

我當然知道她所謂的不一樣是指什麼，但我沒有開口，只是坐著，讓她繼續說下去。「上個禮拜去墾丁，我們又去了南灣，豬豬說她感觸也很多，一年前我們兩對一起去，這次雖然也是四個人，卻是四個女生。人的感情眞的很無常。」

我點點頭，還是找不到話說。

「所以我想了很久，想得很仔細，一點一點地慢慢想，到底爲什麼我們今天只能是這樣子。」她說：「上上個禮拜我回台南，也告訴我媽我們分手的事，還說到之前有結婚的打算。我媽其實很欣賞你，覺得你可以給我很好的照顧。所以她也說了，如果還有那一天，你還願意娶我的話，我們隨時都可以結婚。」

我苦笑，「都分手了妳還跟她說這些幹麼？」

「難道眞的不會再有任何可能了嗎？我知道你會不高興，但是忍不住就是很想再問一次。」她轉頭看著我，我聽見她語氣裡有些激動。「兩個月過去了，我眞的反省過了，爲什麼不再給我一個機會呢？」

「我說過不是現在啊。」

我眞的很苦惱，這場歹戲到底要拖棚到什麼時候呢？

「再多一天、一小時，甚至一分鐘對我都很煎熬啊。」

「我難道過得很開心嗎？」面對她的激動，我也不耐煩了起來，「當妳跟妳同學們唱歌唱得忘我，我像個白痴一樣等了幾個小時之後，我難道無所謂，難道一點煎熬跟情緒都沒有？我還能夠笑著跟妳媽吃飯聊天呢！我要的，又何嘗只是一句道歉而已？是不是每次見面都非得吵這個不可？」

我站起身來，想掉頭就走。

「算了算了，對不起，對不起……」小魚眼淚已經迸出來了，她哭著，拉住我的袖子，急忙忙地說：「對不起，我不說就是了……你不要生氣好不好？」

那種感覺讓我整個人沉了下來，不耐的暴躁一掃而空，心裡反而充塞著悲傷與難過。爲什麼要這樣低聲下氣呢？這不是妳的作風吧？難道一個人爲了挽回逝去的愛情，可以放棄自己原來所有的個性和堅持嗎？我低頭看了小魚一眼，立刻又移開視線，那模樣讓我不忍心再看下去。

「妳不要這樣子，好嗎？」我很不忍，又坐下。

小魚低著頭，早已經淚流滿面，又是幾滴淚水落了下來。

「我只是覺得時間過得還不夠久，對我而言，這些事不忘掉，我就不可能換一個新的角度來面對妳。」

「但是對我來說，這兩個月好長，眞的好長……」她泣不成聲，然後我聽見她說出讓我全身震動，難以置信的話來，「我現在可以背出你的生日、你的電話號碼、你的星座、血型，還有身分證字號……我只想待在你的身邊，也讓我爲你做一點什麼事。如果結婚是你一生最大的心願，那麼，拜託，現在就當是我求你好了，我求你娶我，好不好？求求你……」

我們渴求的，都只是一份愛而已。

但那好難，好難。

這是今年最後一個颱風了吧？再多來幾個的話，可眞要受不了了。看著電視上的氣象報告，我泡了一碗泡麵，坐在床邊吃著。

這樣的天氣，小魚眞的還去了中橫嗎？我有些擔心，按照她們原本的計畫，不但要跑中橫，還有蘇花公路，都是很危險的路段。我把麵湯喝完，拿著碗到廁所裡洗。心裡想著的，都是那天晚上在文化中心前她的眼淚。

當下我很想答應她，很想，非常想。那不就是我這輩子裡唯一的願望嗎？娶一個自己深愛的人，過著簡單而平凡平靜的日子。我花了一年多的時間，最後終於無以爲繼，不也是因爲我終於明白這願望無法跟小魚一起完成嗎？是我放手得太快了嗎？如果再多給小魚一些時間，她是否會發現這樣垂手可得的幸福其實最難得，轉而更加珍惜呢？我用力搓洗著碗盤，搖搖頭，心知肚明，那是不可能的。當你還把幸福握在手中時，根本不會覺得幸福有多可貴。只是，又何苦要等到都失去了，才曉得痛呢？

我嘆氣，心中充滿矛盾。那當下我眞的很想挽著她的手，接受她的懇求，然而我終究還是做不到，因爲過往的記憶揮之不去。我也知道，那一刻的懇求不代表以後的幸福，每個人都來自不同的家庭，有自己的個性，今天即使她百般壓抑換回愛情，終有一天，也會覺得我企求的人生其實與她要的有所違背，又何必等到那一天才後悔第二次？我知道自己拒絕得很無情，但我不斷不斷地告訴自己：「這樣才是對的。」只是，以往總認爲這個想法非常有憑有據，現在卻不由得動搖了起來。

「她追求的是不平凡的人生跟自由，我只想當個普通的平凡人，出發點就背道而馳了，之後還有什麼好談的？就算今天她覺得可以爲愛犧牲，我也不認爲她可以這樣一輩子犧牲下去。與其等到哪一天，她發現原來自己辦不到，又要跟我分手，那不如今天我繼續堅持下去，把她擋在門外。」我在電話中對大維說。

「堅持個屁啊，你到底他媽的是什麼星座的你？」電話中，大維比我還要激動，「人生不過短短幾十年，你還想要怎樣？」

「沒有要怎麼樣啊，」我說：「現在當朋友就好，其他的，我只是覺得時候未到罷了。」

「兄弟，你有沒有覺得，這一年來，你們的愛情裡，其實只有八個字而已。」

他說：「早知如此，何必當初。」

電話這頭，聽得我默然。

「四個字叫做『造化弄人』，或者更濃縮一點也可以，兩個字，『後悔』。爲什麼非得要錯失了機會之後才後悔不已？雖然我是眞的不太看好你跟她的愛情，但是如果一個人可以這樣爲了另一個人，那你到底還有什麼好機機歪歪的？」

我說這不是我機機歪歪，而是我眞的害怕，萬一之後結果又不能如同想像中的美好，豈不是又要痛一次？又要浪費更多時間？我說總歸一句話，就是我怕了。

「哎呀，是能怕到哪裡去？再倒楣的經驗你不也都經歷過了？」，大維說：「況且你現在一天到晚窩在電腦前面工作，也沒有把到新的馬子。」

人生就是這樣嗎？時時刻刻都要面對抉擇與賭注，誰也不知道這一把離手後的勝負如何，有時候賭或不賭原來不能盡隨己意，就像現在的我。

「所以你就爲了這種問題來找我？」手忙腳亂的哇沙米連頭都沒有回，眼睛直盯著電腦畫面，正在趕一系列的圖稿。有別於我專畫小說封面，她特別喜歡找自己麻煩，畫一些線上遊戲的人物。

「回來拿東西，想到就順便問問嘛。」工作室裡，有我前幾天忘記帶走的圖稿光碟，本來只是想趁颱風刮到高雄來之前，先過來拿回去加工，看到哇沙米在，於是我決定妨礙她工作。

「你怎麼老是在煩這種問題呢？地球上有很多人餓死，臭氧層愈來愈薄，這些你怎麼不去關心一下？」

「因爲我還沒餓死，臭氧層也還沒薄到我呼吸不了的地步。」我說：「但是小魚的問題已經快讓我煩死了。」這話說得不假，這幾天，我畫起圖來始終不順手，前天在編輯們的催逼下，總算完成兩張稿子。完稿後忽然自己一愣，那兩張圖裡的女主角雖然容貌衣著各異，但她們居然同樣都在右耳垂邊有顆小痣。我這才驚覺，自己心裡的病已經入了膏肓了。

「很簡單嘛，」哇沙米忽然停下手上的工作，把椅子轉過來，面對著我，「一句話，現在，不管以前發生多少事情喔，我問的是現在。」她眼睛直盯著我問：「你可以不必回答我，但是對自己要坦白一點，想想看，你現在到底還愛不愛她？」

愛情裡只有一個問題：愛，或不愛。其他都是其次的。哇沙米說。

33

我失了神，連那片光碟也忘了拿，就這麼呆愣愣地下樓。高雄市的天空陰霾，雲層捲動得很快，颱風眞的已經來了，不時有斗大的水珠打落臉上。我沒有找地方躲雨，只是加快了腳步，走到停車的地方。

我猜你收到這封信時，心裡一定會猜想，我要寫的又是那些事吧？很抱歉，確實是，所以在繼續往下寫時，我得先在信的開頭說句抱歉，如果讓你看了之後又不開心，請原諒我，我眞的不是故意的，只是想把心裡的話說出來而已。

原來，我在你心裡，已經是一個不能夠再被信任的人了，是嗎？

信是小魚兩天前寄來的，寄到我們這老公寓。從文化中心那一晚後，我們就又斷了連絡，過幾天，我就收到這封信。心想裡面大概寫的又是那些話吧，所以我一直沒有拆封，直到現在。冒著風雨趕回家裡，我連衣服都來不及換，隨即先拆這封信來看。我一邊讀信，用腳尖觸碰電腦主機開關，一邊從菸盒裡取出香菸來抽時，也隨手點選了小魚以前設置的資料夾。然而，我沒有開啓那首她長久以來聽慣的歌曲，聽了另外一首。

我以爲只要時間過得夠久夠長，就可能改變我自己或你，也許能夠讓我忘了你，讓我重新站起來，去走別的路，或者讓你忘掉過去那些我做錯的，還有那些讓你失望的。那麼，也許哪天我們還有機會再重新認識彼此。就像你說過的，第一次見面那天晚上，你對我的感覺。你說你不敢跟我說話，而認識你之後，我也不敢想像你會喜歡上我，同樣的意思。

但那一天似乎不會再回來了，對不對？儘管你一直說還需要更多時間，可是我知道，假使又經過更久之後，遲早只會換來一個你眞的忘了我的下場，就像豬豬對廖親親不再有留戀一樣。我害怕那一天眞的到來。

很多時候，我覺得茫然跟懷疑，不曉得是否應該繼續堅持下去。室友們雖然沒說出口，我還是看得出來她們的關心和擔心，因爲我常常無法分清楚究竟什麼是我現在應該想的，又什麼是我現在不應該想的。我常想著過去我們曾經擁有的溫馨與美好，想著想著，就坐在客廳裡笑了，笑得很快樂。只是，笑容之後，我又常常想起後來的衝突，想起我一次又一次讓你失望，想起最後你終於決定放棄的那一封簡訊，然後我就哭了。

眞的不能再重來了嗎？看到這個問題，請先不要生氣好嗎？這是我最後一次問你這句話了，眞的。

在你之前，我從來沒有這樣愛過一個人，也從來沒想過這樣的問題，似乎我的感情世界裡，就是一個人來了，一個人去了，然後再一個人來了，一段時間後又去了，如此而已。這是第一次，我認眞思考，究竟兩個人可以怎麼樣一起生活。不過可惜的是太遲了，在我讓你失望透頂後，無論我說什麼或做什麼，都來不及了。

所以還是要跟你說聲對不起，這也是最後一次道歉。因爲當你又一次轉身離開時，我終於明白，之所以每次跟你見面，都弄得這麼難看，是因爲我自己太放不下，所以我總是說著對不起，而我的道歉總是勾起你更多更不愉快的感覺。

如果可以的話，希望這是最後一次，讓我爲以前對你造成的傷害說句抱歉。然後，我希望自己下次再見你的時候，我是說，如果還可以有下次見面的機會的話，我會絕口不再提那些過去的事，就用最本來的樣子，讓你再重新認識這個我，好嗎？我媽經常嘮叨，說我常常沒形象地放聲大笑，講話不經大腦，我告訴她，這就是我的特色，曾經有人就是因爲這樣而愛上我。希望眞的有那一天，我可以讓你再爲我心動一次。

這個週末就要出發去中橫了，大家都很期待，我自己也是，除了花東的風光，我更期待的是能夠在那裡找到適合你的紀念品，那我就有了下一次跟你見面的理由。聽說有颱風快來了，但願別太掃興。你自己也要多小心，多注意身體。最後，我要告訴你，請別再叫我拋開過去，儘管去做我自己就好。因爲把你的生日跟電話號碼背起來之後，我就眞的已經把你深深刻在心底了。不勉強，眞的，當我終於明白你過去的那些感受，才知道原來愛情其實只是這麼簡單而已。

我愛你。

你永遠的小魚老婆

信在手上反覆看了幾遍，所有往事紛至沓來，在腦海中轉過一遍，但它們來得快，也去得很快，轉瞬即逝。我忽然覺得臉上一熱，有淚水奪眶而出，滴在我手上，滴在質素的信紙那娟秀字跡上。這時，我才聽清楚了從電腦喇叭裡反覆播放出來的旋律和歌聲。

於是許你一個來生的承諾　然後多留下一點什麼
在這一分鐘　你說的關於你的這我都懂
是冷是熱四月的風都帶不走　你要原諒我的年華就這麼多

於是許你一個來生的承諾　不過只瞬間一場好夢
像一處缺口　我給的關於我的這你都懂
是悲是喜四月天裡都已擁有　而我想的不是誰的明天過後

至少還有回憶吧你說　當春花秋月過了還記得我牽你的手
誰在乎這麼一個來生的承諾　我們卻在鏡子的裂痕之前各自都沉默
睡吧最後這一夜我說　那艷陽天裡缺的不就是此刻的溫柔

誰在乎這麼一個來生的承諾　只是愛都愛了才開始承認我們都脆弱
〈缺口〉　詞／曲：穹風

爲什麼聽的不是她以前最常哼的曲子，是因爲我還在遲疑嗎？已經模糊的視線，卻還對焦在那幾張信紙上。我知道一定不是這樣的，我只是害怕而已，害怕承認自己還殘存的愛。然而，原以爲換了一首歌聽就會好一些，卻還是錯了。這首歌是誰唱的，我完全不知道，也沒有興趣知道，只因爲在這瞬間，自己完全陷入了歌詞的意境中。

是什麼讓這段愛情變成今天這樣？又是什麼讓我在分手後，第一次有了這種被深深打動的感覺？已經浪費太多的時間了吧？兩個早都知道應該努力活在當下的成年人，卻在彼此的拉扯拔河中，消耗了對方的力氣，讓兩個人傷了又傷。信紙被我用力捏得都皺了，沒有聲音，只有壓抑不住的眼淚不斷湧出，心裡滿滿的，都是哇沙米問我的那個問題：還愛不愛？還愛不愛？我縮在床邊，低著頭，臉頰貼住了那兩張信紙，不斷地點頭，不斷地點頭，當然愛，非常地深愛著。如果走到了這樣絕望的處境時，還可以確信自己依然深愛著對方的話，那我們還需要什麼來生的承諾，不是嗎？

我總以爲自己走不出那些過往，所以極力逃脫，用盡了一切力氣，甚至不遠千里逃到日本去，但結果呢？我沒能拋開回憶，也沒能拋開牽掛。曾經有一度，我爲自己的無能爲力憤怒不已，但這一瞬間我忽然明白了，其實不是無力逃脫，而是內心深處，我自己根本就不想逃，反而還愈往這深淵裡鑽去。那座囚牢不是小魚或我設下的，或者，囚牢根本就不存在，我只是害怕自己又一次受傷，所以才假裝自己被困住而已。但現在我懂了，既然囚牢不存在，當然我也沒有繼續逃避的必要，直到哇沙米問了那個問題，直到我看完這封信後，才眞的開始明白自己對這份愛的渴望，原來一直存在。那些所謂對愛情的恐懼，其實只是欺騙自己的屁話而已，如果我們眞的愛著彼此，那還有什麼問題是不能解決的？我仔細回想著信件的內容，想著小魚寫的那幾句話，當她終於背下了我的生日，終於把我刻進心裡，那麼，兩個人也就從此更分不開了。

不知道過了多久，當我終於能夠收起淚水，稍稍平撫自己的情緒時，天色早已經完全暗了下來。外頭霓虹閃爍著，被打在窗上的雨水掩映得繽紛，映照入這昏瞶幽暗的房裡。最後，我再也壓抑不住內心的衝動，拿起手機來，想打一通電話給小魚，我想跟她說：算了，不要什麼紀念品，就從現在開始，讓我們重新認識彼此，我發誓，這次我會用更多時間，更多包容，希望還有那麼一天，可以實現我們曾經有過的夢想……

我顫抖著手指，撥出號碼，卻直接轉入語音信箱。她們現在在哪裡呢？難道是在手機收不到訊號的地方？我接連試了兩次，都沒辦法撥通。我有點焦慮，颱風已經在高雄發威，那麼首當其衝的花東地區應該威力更大吧？這樣的天氣，連我都不敢把車開上中橫或蘇花了，技術不怎麼好的小魚眞的應付得來嗎？我擔心著，一面打開電視，聽聽氣象報導，一面打開電腦，看著電腦裡畫過的小魚的畫像。看了好久，才又再走回床邊，又撥起沒有回音的電話。

如果她接了電話，我一定會告訴她，如果她接了電話，要我立刻趕到花蓮去接她，我也會點頭答應，如果她接了電話……

我不知道自己是什麼時候睡著的，當手機鈴聲劃破寂靜，我瞬間驚醒時，外面天色已經全都黑了。我驚慌地摸到放在床邊的電話，深怕是小魚打來的。

「你在哪裡？」結果令我失望，是廖親親的聲音。

「我在家啊。」心臟還撲通撲通地劇烈跳動，我有點虛弱。

「剛剛，豬豬打電話給我。」廖親親的聲音聽起來非常沉，似乎有點哽咽，說起話來也斷續吞吐。

「怎麼了嗎？」我讓自己喘了幾口氣，開他一個小玩笑，「豬豬要跟別人結婚了是不是？聽你說起話來如喪考妣似的。」

「你聽我說……」廖親親一點也沒被我打動，他的口氣再嚴肅不過，「豬豬現在人在花蓮醫院，她們出車禍了……」

那是上天的安排嗎？注定了要讓我再失去妳一次？

34

「你說下輩子如果我還記得你，我們死也要在一起，像是陷入催眠的指令，我也開始昏迷不醒，好吧下輩子如果我還記得你，你的誓言可別忘記，不過一張明信片而已，我已隨它走入下個輪迴裡……」迴蕩的歌聲，在另一個有別於過去我那傍街臨道的小公寓裡，這裡一片素白清淨，沒有任何多餘的東西，一如她不愛拖泥帶水的個性，當然，我說的是那次分手前，而不是分手後留戀難捨的表現。

「迷失在我模糊的空氣裡，我在你字裡行間尋找一線生機……」我輕輕哼唱著，這是她最愛的歌曲。以前小魚常說這首歌的歌詞雖然惆悵，但每當緩緩唱著它時，總讓人感到寧靜。剛開始聽到這首歌的那一年，我的心境歷經了好大的轉折。曾經，我非常喜歡它的旋律和歌詞，覺得人世間最美的承諾莫過於此。而後有幾度，那歌詞卻又聽來諷刺，一句句都像在譏刺著我滿懷憧憬的心。哼啊哼地，我停了下來，重新細細咀嚼它的情緒，忽然一陣鼻酸。如果能夠把握得住今生，那我們何必還奢求來世？然而，瞧我們的今生現在成了什麼樣子？如果今生我們都不能緊握住對方的手，又怎麼確定下輩子我們還記得彼此的臉？所以我只好反覆唱著這首她最愛的歌，努力回想那些我們美好的過往，希望這種甜美的感覺，可以透過我的指尖，穿透她的皮膚，再滲進小魚的心裡，讓她即使身在睡夢中也能感受得到。

「你說下輩子如果我還記得你，我們死也要在一起，像是陷入催眠的指令，我也開始昏迷不醒……」於是我又唱了一段，「好吧下輩子如果我還記得你，你的誓言可別忘記，不過一張明信片而已，我已隨它走入下個輪迴裡……」唱著唱著，我彷彿見到小魚嘴角有微微的笑意，像極了那一年裡，每當我圖稿畫到天亮，飢腸轆轆時，就在她耳邊輕輕唱這首歌，讓她自晨夢中醒轉。

這是第七個月，她睡著。

那是曾有過太多絕望與挫敗，讓人再難以承受的一段歲月，而此刻，這個充滿告別況味的年代已慢慢遠去，時間過得雖然還不算久，但我們之間已不再波折起伏。輕輕撫摸過一道她額間疤痕的尾端，已經長出頭髮來了，慢慢掩蓋住那道車禍後，因為顱內出血緊急開刀的疤痕。

豬豬沒有小魚家裡的電話，也沒有我的手機號碼，所以只能透過廖親親找我。

不過他們終究沒有復合，當廖親親趕到花蓮醫院時，看到豬豬身邊已經有另一個男人相伴，他連走上前去的勇氣都沒有。而我等到小魚出了開刀房，可以探視後，在她身邊唱了這首歌，然後告訴她，「不要買紀念品了，好嗎？我已經在這裡了。」

颱風什麼時候遠去的，我一點都沒有察覺，那窗外亮了又暗，暗了又亮，我陪著小魚的母親，把這個沉睡中的女孩從花蓮接回來。小魚的母親原本希望能夠親自照顧女兒，後來礙於還需要工作營生，加上我的極力請求，她才終於點頭，讓我把小魚帶回高雄。反正我幾乎都在家裡工作，正好有足夠的時間陪她，我相信，這也會是小魚希望的。

「今天體育台有世界女排的錦標賽，不過我覺得妳應該會比較想看電影台，凱薩琳麗塔瓊斯的電影呢！妳最喜歡的女演員喔。」我丟下手邊的工作，坐到床邊，鑽進棉被裡，硬是擠了個位置。「排球嘛，還不就是那樣子，十來個人搶一顆球，有什麼好看的，對不對？奧運會都沒有排球項目呢，看看下一屆會不會有吧。」我笑著。

窗外不知道什麼時候開始，落下了綿綿細雨，房裡略顯悶熱。我又鑽出被窩，打開窗戶，讓淅瀝的雨聲傳進來。我再將毛巾沾了半濕，幫小魚把脖子跟肩膀上的微汗拭去。

「不要開冷氣比較好吧？免得感冒，要是我們兩個都發燒就麻煩了。」我輕輕地說。

搬到一個新的地方，比以前小，但乾淨多了。為了照顧小魚，也怕有寵物會影響環境衛生，我把兩隻貓都送給哇沙米。現在起，直到很久很久以後的未來，我只想專心地守著她就好。

從此之後，我們不會再有爭執了吧？當電影終於播完，我坐在床邊的小桌前吃完泡麵，又唸了一段蔡素芬的《鹽田兒女》給她聽，然後輕輕梳著她原本就不凌亂的頭髮。在那個我只埋怨淡忘得還不夠快的年月裡，小魚是很不喜歡閱讀的，她寧願整天抱著電視遙控器，也不想多品味一下書籍裡的文字。每當我鼓勵她讀點書時，她總要撒嬌耍無賴地拖延抱怨，而今，她可聽完了我整書櫃裡的一大半書。

或許是吧，我們這輩子也許就不會再為那些事爭執了。沒有人找她去舞廳，她不會再為了什麼事忽略我的存在，當然更不會只想著她自己的工作與未來，因為這世界只剩下我們兩個人相依為命……我想起那次一個人去日本，在那個供奉地藏王菩薩和一堆墳墓的神社裡所領悟到的，只要我們都還活著，就不會眞的忘記這些牽絆。也因爲這些牽絆，所以我們才在轉繞了好大一圈，流下無數的淚水後，又相守在一起。再看看小魚，我會這樣靜靜地，靜靜地等待，等她醒的那天。

她的臉變得好白，睫毛偶爾會輕微顫動，每次總讓我錯以爲她就要醒來。我端詳著小魚安靜的睡臉，很美，美得像電腦裡那些我畫過的她。

「等妳醒來，我好想吃一碗白粥，妳煮的那種……」我輕輕地說著，又哼起那首她最愛的歌，眼角裡有淚水打轉，卻一直落不下來。小魚不會喜歡懦弱的男人的，我也不能這麼悲傷著。只是，說多了一個人的自言自語，我好希望她就點頭答應，或者潑我一盆冷水，說她要忙之類的話。哪怕是再有任何的不愉快其實也沒關係，我眞的，眞的好想聽見她爽朗大笑，聽見她口無遮攔地罵一句髒話。

「至少還有回憶吧你說，當春花秋月過了還記得我牽你的手，誰在乎這麼一個來生的承諾，我們卻在鏡子的裂痕之前各自都沉默……」忽然哼出了另外一首歌，我後來記住了曲名，原來它叫做〈缺口〉。旋律緩慢地流動，我用細微的聲音哼著，「睡吧最後這一夜我說，那艷陽天裡缺的不就是此刻的溫柔？誰在乎這麼一個來生的承諾，只是愛都愛了才開始承認我們都脆弱……」

小魚沉睡的臉上，像是皺起眉來，是因爲這首歌太悲傷嗎？我抱以歉然的微笑，「對不起，這首歌好像太沉重了，不適合妳的個性。」

「如果下輩子我還記得你，」有點沙啞的聲音，我摸摸自己的喉嚨，卻摸到早已滋蔓衍生的鬍渣，只好又唱回那首她最愛的歌。「我們死也要在一起……」

最悲傷的時候沒有淚。

最美的愛情，是妳在我身邊時，幸福地笑著。

【全文完】

[後記]

如果愛終究是殘缺

這世上究竟有沒有完全契合的兩個人？有沒有哪一段愛情故事是真的完美到了極點的？王子與公主是否真的「從此過著幸福快樂的日子」？寫多了愛情故事後，我開始懷疑起來。好像愛情故事的作者們不斷塑造一對又一對的天作之合，讓年輕的讀者誤以為愛情就是這麼甜美的模樣，這說不定反而誤導他們？當他們在現實中發現完美的愛情之不可得時，從此不買我們的書事小，對愛情產生質疑或否定才事大。

所以我寫了一個非常殘缺的故事，這故事原本該是完美結局的，當一切都那麼適逢其時，兩個人你情我願，愛情於是成立。在各種外在條件下，他們都沒有不適合彼此的理由，直到有一天，其中一個人發現，對方對愛情的經營態度，跟自己原來差距這麼大。或者說，縱使你知道對方是最適合你的那個人，偏偏就是在不對的時間裡相戀的話……

今年五月我經歷了一次，失望之餘，於是開始詛咒身邊每一個愛情有裂痕的朋友，他們有些人果然如我所願地分手了，有些卻是益加堅定，也有些人在短暫分手後，很快又決定復合，而且還打算在這本書出版前就訂婚。愛情就是這麼莫名其妙，卻饒富趣意且耐人尋味。只是我故事裡的主角們比較不幸了一點。

小說寫作之初，就是以自己的往事當藍圖，所以別再問我故事真或假了。脫離校園環境後的愛情，需要考慮更多的現實，挑選對象的條件不再只看外貌或興趣，還有更多問題等在眼前。我無法判斷企鵝跟小魚的愛情究竟誰對誰錯，畢竟那只是彼此觀念上的落差，以及小說裡提到，也是我在架構故事時，笑著跟朋友說過的，這故事可以濃縮成八個字，叫「早知如此，何必當初」，四個字叫「造化弄人」，兩個字的話，就是「後悔」了。不管是廖親親也好，企鵝也好，都是如此。愛情本無是非可言，它可能只是錯了天時，或者錯了地利，或者少了人和，然後才製造出滿紙的荒唐言，惹得一整把辛酸淚，讓包括我自己在內的這些凡夫俗子，在痴痴傻傻之後，再細細咀嚼那個「其中味」而已。

這個殘缺的故事，沒有什麼偉大的精神要彰顯，它描寫的只是幾種不完美的個性、交錯成幾段不幸福的愛情。人應該把握並珍惜當下，或許此刻的肯定會變成他日的否定。至少誰也不能否認的，是那當下執著時的感動與深刻。即使錯了也無悔。真正讓人悔恨的，是因為當初的逃避，造成後來的缺憾。

小說寫完，字數只有往常的一半左右，但我並不怎麼訝異，沉重的故事別拖太長比較好，我不忍心見故事主角繼續沉淪，或許就讓小魚繼續沉睡吧，那麼他們就還能幸福地廝守著。是誰這麼說過的？願有情人終成眷屬，眷屬都是有情人。希望「從此過著幸福快樂的日子」這句話，別只是童話故事裡的一句老掉牙，我如此盼望著。

穹風，二〇〇八年九月於沙鹿

國家圖書館出版品預行編目資料

告別的年代／穹風著. -- 初版. -- 臺北市；
商周, 城邦文化出版；家庭傳媒城邦分公司發行,
民 97.12
面　；　公分. --（網路小說；121）

ISBN 978-986-6571-67-1（平裝）

857.7　　　97020047

告別的年代

作　　者／穹風
副總編輯／楊如玉
責任編輯／陳思帆

發 行 人／何飛鵬
法律顧問／台英國際商務法律事務所　羅明通律師
出　　版／商周出版
台北市中山區民生東路二段 141 號 9 樓
電話：(02) 2500-7008　傳真：(02) 2500-7759
email：bwp.service@cite.com.tw
發　　行／英屬蓋曼群島商家庭傳媒股份有限公司城邦分公司
聯絡地址：台北市中山區民生東路二段 141 號 2 樓
書虫客服服務專線：02-25007718・02-25007719
24 小時傳真服務：02-25001990・02-25001991
服務時間：週一至週五 09:30-12:00・13:30-17:00
郵撥帳號：19863813　戶名：書虫股份有限公司
讀者服務信箱 email：service@readingclub.com.tw
歡迎光臨城邦讀書花園　網址：www.cite.com.tw
香港發行所／城邦（香港）出版集團有限公司
地址：香港灣仔駱克道 193 號東超商業中心 1 樓
email：hkcite@biznetvigator.com
電話：(852)25086231　傳真：(852) 25789337
馬新發行所／城邦（馬新）出版集團
Cite(M)Sdn. Bhd.(458372U)11, Jalan 30D/146, Desa Tasik,
Sungai Besi, 57000 Kuala Lumpur, Malaysia.
電話：(603)9056 3833　傳真：(603) 9056 2833

版型設計／小題大作
封面繪圖／文成
封面設計／山今伴頁
電腦排版／浩瀚電腦排版股份有限公司
印　　刷／鴻霖印刷傳媒股份有限公司
總 經 銷／農學社
電話：(02)2917-8022　傳真：(02)2915-6275

■ 2008 年（民 97）12 月 2 日初版　　Printed in Taiwan

定價／200 元

ISBN　978-986-6571-67-1

商周出版

廣　告　回
北區郵政管理登記
台北廣字第 000791
郵資已付，免貼郵

104 台北市民生東路二段 141 號 2 樓

英屬蓋曼群島商家庭傳媒股份有限公司　城邦分公司

請沿虛線對摺，謝謝！

商周出版

書號： BX4121	書名： 告別的年代	編碼：

商周出版

讀者回函卡

謝謝您購買我們出版的書籍！請費心填寫此回函卡，我們將不定期寄上城邦集團最新的出版訊息。

姓名：________________　性別：□男　□女

生日：西元________年________月________日

地址：________________

聯絡電話：________________傳真：________________

E-mail：________________

學歷：□ 1.小學 □ 2.國中 □ 3.高中 □ 4.大專 □ 5.研究所以上

職業：□ 1.學生 □ 2.軍公教 □ 3.服務 □ 4.金融 □ 5.製造 □ 6.資訊

□ 7.傳播 □ 8.自由業 □ 9.農漁牧 □ 10.家管 □ 11.退休

□ 12.其他________________

您從何種方式得知本書消息？

□ 1.書店 □ 2.網路 □ 3.報紙 □ 4.雜誌 □ 5.廣播 □ 6.電視

□ 7.親友推薦 □ 8.其他________________

您通常以何種方式購書？

□ 1.書店 □ 2.網路 □ 3.傳真訂購 □ 4.郵局劃撥 □ 5.其他______

您喜歡閱讀哪些類別的書籍？

□ 1.財經商業 □ 2.自然科學 □ 3.歷史 □ 4.法律 □ 5.文學

□ 6.休閒旅遊 □ 7.小說 □ 8.人物傳記 □ 9.生活、勵志 □ 10.其他

對我們的建議：________________

____

____

____

請於此處用膠水黏貼